KB028153

Virginia Woolf, Memory of Sentences

버지니아울프, 문장의 기억

Virginia Woolf.

원작: 버지니아 울프, Virginia Woolf

1882년 영국 런던에서 태어난 버지니아는 정교하고 섬세한 문장으로 20세기 대표적인 모더니즘 작가로 손꼽힌다. 그는 1904년 〈가디언〉에 기고를 시작으로 픽션과 논픽션을 아우르는 수많은 작품을 발표했다. 선구적 페미니즘을 넘어 인류애를 주장했다. 의식의 흐름의 기법을 실험하는 등 독창적인 서술을 남기다, 1941년 정신 질환 재발을 우려하여 스스로 생을 마감한다.

엮음/편역: 박예진

북 큐레이터, 고전문학 번역가

박예진은 고전문학의 아름다운 파동을 느끼게 만드는 고전문학 번역가이자 작가이다. 또한, 문학의 원문을 직접 읽으며 꽃을 따오듯 아름다운 문장들을 수집하는 북 큐레이터이기도 하다. 문체의 미학과 표현의 풍부함이 담긴 수많은 원문 문장들을 인문학적 해석과 함께 소개해 독자들이 영감을 받는 것에 만족을 느낀다.

Virginia Woolf, Memory of Sentences

버지니아 울프, 문장의 기억

그림자로 물든 버지니아의 13작품 속 문장들

Memory of Sentences
Series 1

그 누구도 아닌 '자기 자신'으로 살아가기 위하여

버지니아의 초상화

출처: 국립 초상화 갤러리 런던

『등대로』표지 초판본

출처: 위키피디아

버지니아 일기 1922년 8월 16일

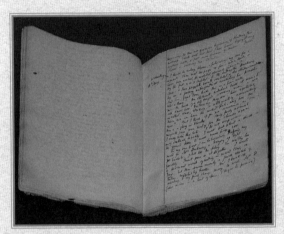

버지니아 일기 1898년 1월 1일

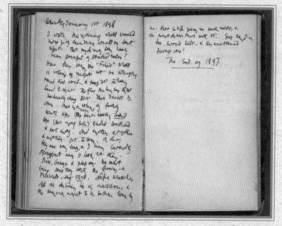

버지니아가 그레이스 히겐에게 보내는 엽서

『댈러웨이 부인』관련 원고 초안

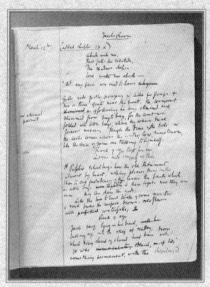

버지니아와 동료작가 T.S. 엘리엇

출처: 국립 초상화 갤러리 런던

몽크의 집 소파에 앉아 있는 버지니아의 모습

버지니아의 『올랜도』를 원작으로 한
영화 〈올랜도〉(1993) 스틸컷, 감독 샐리 포터

버지니아의 『댤러웨이 부인』을 원작으로 한
영화 〈댤러웨이 부인〉(2006) 스틸컷, 감독 마를렌 고리스

문장의 기억, 문학의 소유

1941년 3월 28일, 오전 11시경이었습니다. 남편은 정원을 거닐고 있었고, 하녀는 한창 집안일을 하고 있었습니다. 모두가 자기만의 일을 하고 있을 때, 아내는 서재에서 남편에게 보내는 편지를 썼습니다.

> 내가 다시 미쳐가고 있다는 것을 확실히 느껴요.
> 우리는 그 끔찍한 일을 다시 겪을 수 없어요.
> 그리고 이번은 회복될 수 없을 거예요.
> 환청이 들리기 시작하고, 집중할 수가 없어요.
> 그렇기에 전 제가 할 수 있는 최선의 일을 하려고 해요.

마지막 줄에는 V. 라는 자신의 이름 철자를 적었습니다. 그리고 이 편지를 서재의 책상 위에 올려놓았습니다. 모든 준비를 마친 그는 집을 나섰습니다. 따듯해진 봄 날씨에 강물이 많이 불어 있었습니다. 그는 강둑에서 큼직한 돌멩이를 주워 코트 주머니에 집어넣곤 강물 속으로 천천히 걸어 들어갔습니다.

편지를 발견한 남편은 아내를 찾아 밖으로 뛰어나갔습니다. 경찰은 강바닥을 수색했지만, 결국 무엇도 발견하지 못했습니다. 20일 뒤, 다섯 명의 10대 소년 소녀가 우즈강에 떠내려가는 시신을 목격했습니다.

경찰이 시신을 가까운 안치소로 옮겼고, 남편은 달려와 시신이 자신의 아내라는 것을 확인했습니다. 검시관은 사망확인서에 그의 이름을 적었습니다. '출판업자 레너드 시드니 울프의 아내인 작가 아델라인 버지니아 울프.' 버지니아의 시계는 11시 45분을 가리킨 채 멈춰 있었습니다.

스스로 생을 마감한 버지니아. 그는 어린 시절 의붓오빠에게 성추행을 당한 이후 심한 후유증에 시달리기도 했지만, 버지니아를 위해 직접 출판사를 차리고 그의 작품을 책으로 냈을 만큼 무한한 사랑을 보여준 레너드를 만나 결혼했다고 알려져 있습니다.

버지니아는 사실 결혼 전부터 신문에 평론과 에세이를 꾸준히 기고하던 작가였습니다. 그의 대표적인 작품으로는 훗날 페미니즘의 교과서로 불리는 케임브리지 대학에서의 강연을 바탕으로 집필한 에세이 『자기만의 방』이 있습니다.

한때 그는 작품보다도 자살이라는 비극적인 최후로 더욱 유명한 작가였습니다. 그래서 그를 둘러싸고 예민하고 우울한 얼굴을 가진 작가라는 편견이 생겨나기도 했습니다. 이는 버지니아 울프라는 작가에 대한 객관적인 평가를 어렵게 만드는 요인이 되었습니다.

하지만 죽음의 요인이 무엇이든 간에, 그가 쓴 작품들은 수많은 이에게 감동을 주고 있습니다. 그는 자신의 첫사랑이었던 바이올렛 디킨슨에게 이런 편지를 썼다고 합니다.

"불행해질지도 모르지만 행복해질지도 몰라요. 수다쟁이 감상주의자가 될지도 모르지만, 언젠가 책 속의 글자 하나하나를 활활 타오르게 할 그런 작가가 될지도 몰라요."

저는 그의 작품을 읽으면서 자연스럽게 작가로서의 재능에 감탄하게 되었습니다. 난해하다고 인식되는 '의식의 흐름' 기법조차 버지니아 특유의 명쾌함과 예리함을 가릴 수는 없었으니까요. 특히 그만의 개성이 선명히 드러나는 에세이를 읽을 때면, 저는 종종 그의 문장을 잊어버리고 싶지 않아 노트에 적어 놓기도 했습니다.

그렇게 노트를 가득 채우자, 버지니아를 기억하는 사람들을 위한 책을 만들어야겠다는 생각이 들었습니다. 위대한 작가의 명문장을 우리 마음속에 영원히 소유할 수 있게끔 말입니다.

이 책에는 우리가 사랑하는 유명 작가, 버지니아의 문장들이 담겨 있습니다. 물론 그의 글 속에는 여러 차례 읽어도 이해가 되지 않는 문장들이 있을 수 있습니다. 여러 가지 물상, 자연현상의 의식적 표현 등 버지니아의 글은 때로 난해하게 읽히기도 해 종종 독자들에게 좌절감을 주기도 하니까요.

저는 그러한 문장들에 대해 완전히 이해할 수 없는 것이 당연하다는 것을 말씀드리고 싶습니다. 그는 자신만의 '의식의 흐름' 기법으로 소설을 쓴 모더니즘 작가로, 그가 상상하고 생각하는 것을 그저 글로 옮겨낸 것이기 때문입니다.

혹여 어렵게 다가오는 문장들이 있다면, 문장을 의식의 저편 너머로 그저 관조해 보세요. 그의 문장들을 통해 버지니아의 생애를 바라보고 그 흐름에 함께하는 것만으로도 충분합니다. 그렇게 우리는 책에 담긴 문장을 읽으면서 그의 생(生)과 죽음을 느낄 수 있을 것입니다.

이미 그는 세상을 떠났지만, 그의 문장의 아름다움은 후대에도 꾸준히 회자되고 있습니다. 버지니아의 생애를 아우를 수 있는 단 한 권의 책이 되길 소망하며 책을 엮어보았습니다.

그의 삶을 통달하는 인문학적 해석을 달아두었으니, 이 책을 손에 넣은 독자들이 단순히 작품을 읽는 데 멈추지 않고 문장을 영원히 기억하고, 문학을 소유하는 감동을 느꼈으면 합니다.

박혜진

차례
~~~

세상의 편견과 차별을
넘어서다

1장의 세 작품에선 당연하다고 믿어왔던 것들에 저항하는 버지니아를 만날 수 있습니다. 버지니아는 이 작품들을 통해 개인의 권리와 역할을 탐구하고, 개인이 사회적 지위를 개선하여 자기만의 목소리를 찾는 방법을 고찰했습니다. 차별 완화와 자유에 집중하는 주인공과 마주 보는 과정에서 독자 역시 세상의 편견을 넘어 자기만의 방을 창조하게 될 것입니다.

글을 쓰는 사람에게
필요한 것은

A Room of One's Own _ 자기만의 방

사색하며 대학교의 잔디밭을 거닐던 '나'를 한 관리원이 막아 섰습니다. '나'에게 허락된 것은 자갈길뿐이었기 때문입니다. 오로지 여자라는 이유 때문이었습니다.

결국 '나'는 거친 자갈길을 걸어 대학교 도서관을 향해 갔습니다. 그러나 도서관은 '나'를 받아주지 않았습니다. 대학 측은 여자가 도서관에 출입하려면 연구원과 동행하거나 소개장이 필요하다고 말했습니다.

나는 불합리한 사회적 제재에 씁쓸한 감정을 느끼며, 왜 여성은 남성이 당연히 누리는 권리를 누리지 못하는지 고민하기 시작합니다. 그리고 그 고민은 여성에게만 경제적 풍요와 안정을 누릴 수 없게 하는 사회적 구조에 대한 고민으로 뻗어 나갑니다.

24   *Virginia Woolf, Memory of Sentences*

Lock up your libraries if you like; but there is no gate, no lock, no bolt that you can set upon the freedom of my mind.

원한다면 도서관은 잠궈도 됩니다, 하지만 당신에게는 자유로운 나의 사유를 가로막을 문도, 잠금쇠도, 나사도 없습니다.

That a famous library has been cursed by a woman is a matter of complete indifference to a famous library.

유명한 도서관이 여성에 의해 저주받았다는 사실은 도서관에 대한 무관심이자 무지입니다.

Chastity ... has, even now, a religious importance in a woman's life, and has so wrapped itself round with nerves and instincts that to cut it free and bring it to the light of day demands courage of the rarest.

순결이라는 것은 여성의 삶에 있어 여전히 종교적으로 중요하기에, 그것을 자유롭게 벗겨내어 세상의 빛으로 가져오려거든 특별한 용기가 필요합니다.

If only Mrs. Seton and her mother and her mother before her
had learnt the great art of making money and had left their
money, like their fathers and their grandfathers before them,
to found fellowships and lectureships and prizes and scholar-
ships appropriated to the use of their own sex, we might have
dined very tolerably up here alone off a bird and a bottle of
wine.

시턴과 그녀의 어머니, 어머니의 어머니들이 돈을 벌어 그들
의 아버지가 했듯 돈을 남겨두었다면, 그리고 여성을 위해 미
래의 연구, 강연, 상금과 장학금을 모아두었더라면, 우리는 여
기서 한 마리의 새와 와인 한 병을 마시며 꽤 괜찮은 만찬을 즐
겼을 겁니다.

이제 배경은 대영박물관으로 전환됩니다. '나'는 지식인이라
불리는 몇몇 남자가 여성에 관해 저술한 책들을 살펴보기 시작
합니다. 그들은 하나같이 여성을 형편없는 존재로 규정하며 무
시하고 있었습니다.

'나'는 무엇이 남성들을 그토록 당당할 수 있게 해주었는지
알아내고자 했습니다. 결국 '나'가 도달한 답은 '고정된 수입'이
었습니다.

'나'에게는 숙모의 유산이 있었습니다. 유산은 '나'의 앞으로 매년 500파운드(약 4,700만 원)가 지급되었고, 이 수입은 키 큰 남자의 고압적인 형상 대신 드넓은 하늘의 경관을 볼 수 있게 해주었습니다. 그러나 대부분 여성에게는 삶을 유지할 수입이 없었습니다.

남성은 정복과 지배를 사명으로 삼습니다. 이때 인류의 나머지 절반인 여성이 자신보다 열등하다는 생각은, 그들이 권력을 발휘할 수 있는 중요한 원천이 되죠. 남성이 여성을 열등하게 바라보는 원인을 '나'는 이렇게 설명했습니다.

sentence 005

But, you may say, we asked you to speak about women and fiction—what, has that got to do with a room of one's own?

하지만 여러분은 '여성과 픽션'에 대한 생각을 물었는데 자기만의 방이 도대체 무슨 상관이냐고 할지도 모르겠습니다.

sentence 006

A woman must have money and a room of her own if she is to write.

여성이 글을 쓰려면 돈과 자기만의 방이 필요합니다.

> Women have sat indoors all these millions of years, so that by
> this time the very walls are permeated by their creative force,
> which has, indeed, so overcharged the capacity of bricks and
> mortar that it must needs harness itself to pens and brushes
> and business and politics.

여성들이 수백만 년 동안 방 안에만 앉아 있었기 때문에, 이제
벽에 여성들의 창조력이 모두 스며들었다고 말할 수 있습니
다. 방 안의 벽돌과 시멘트가 여성들의 창조력을 받아들이는
것이 한계에 다다를 정도이므로, 이제 여성들은 펜과 붓을 사
업과 정치에 써야 할 것입니다.

서가로 돌아온 '나'는 역사서를 펼쳐, 여성이 문학 창작에서
지금껏 소외되었음을 확인합니다. 그리고 셰익스피어에게 그
를 능가하는 재능을 가진 누이 '주디스 셰익스피어'가 있었다
면 어땠을까 상상해 보기도 합니다. 주디스는 셰익스피어만큼
인정받는 작가가 될 수 있었을까요?

당시 여성이 처한 불리한 사회적 환경은 남성이라면 당연히
누렸을 경험과 기회를 주디스로부터 빼앗았을 것입니다. '나'는

결국 주디스는 셰익스피어만큼 인정받는 천재가 되지 못했을 것이라는 결론에 다다릅니다.

그리고 '나'는 16세기 여성 문학의 현실을 비판했던 '윈칠시 부인'의 시를 읽습니다. 윈칠시 부인은 더할 나위 없이 재능 있는 여성이었으나, 자유롭고 온전한 정신으로 자신의 꿈을 펼치기는커녕 글쓰기를 가로막는 남성의 권력 앞에서 좌절과 분노의 삶을 살아갔던 인물입니다.

19세기 초는 여성이 쓴 작품이 서가의 한 칸을 온전히 채울 정도로 여성 문학이 발전했습니다. 이들은 대부분 소설을 썼는데, '나'는 제인 오스틴의 생애에서 그 이유를 발견했습니다.
'나'는 제인 오스틴의 조카가 쓴 회상록 일부를 인용하며, 가족으로부터 빈번하게 방해받을 수밖에 없었던 중산층 가정집의 구조를 설명합니다. 브론테 자매의 사례를 들어 경제적 빈곤으로 인한 경험 부족이 작품의 한계로 이어졌다는 사실을 토로합니다.

마지막으로 서가에서 여성 작가인 메리 카마이클이 쓴 책『생의 모험』을 꺼냅니다. 그리고 여성 또한 남성과 마찬가지로 풍부한 호기심을 갖고 있다는 점을 짚습니다. 여성에게 자기만의 방과 연간 500파운드가 주어진다면 더 훌륭한 여성 문학가가 탄생할 것이라고 단언하면서요.

'나'는 그렇게 여성들이 단지 여성이라는 이유로 겪는 불합리함으로부터 눈을 뜨게 됩니다.

sentence 008

One can only show how one came to hold whatever opinion one does hold. One can only give one's audience the chance of drawing their own conclusions as they observe the limitations, the prejudices, the idiosyncrasies of the speaker. Fiction here is likely to contain more truth than fact.

사람들은 자신이 지니게 된 의견의 결과물만을 보여줄 수 있습니다. 그러니 청중들은 연설자의 한계, 편견, 특이점을 관찰하여 자신만의 결론을 도출해야 합니다. 특히 소설에 있어서는 사실보다는 진리가 더 많이 담겨 있을 확률이 높습니다.

sentence 009

This may be true or it may be false—who can say?—but what is true in it, so it seemed to me, reviewing the story of Shakespeare's sister as I had made it, is that any woman born with a great gift in the sixteenth century would certainly have gone crazed, shot herself, or ended her days in some lonely cottage outside the village, half witch, half wizard, feared and mocked at.

이것은 사실일 수도, 아닐 수도 있겠지요. 누가 알겠습니까. 하지만 내가 지어낸 셰익스피어 누이의 이야기를 다시 생각해보세요. 그 이야기에서는 16세기에 뛰어난 재능을 가진 여성은 틀림없이 미치거나 자살했을 것이고, 마을 변두리 외딴곳에서 마녀나 마법사로 여겨지며 두려움과 조롱을 받았을 것입니다.

sentence 010

Women have served all these centuries as looking glasses possessing the magic and delicious power of reflecting the figure of man at twice its natural size.

여성들은 수 세기 동안 남성의 모습을 두 배로 확대하는 마법과 매혹적인 능력을 보여주는 돋보기 역할로 남성의 모습을 비춰주었습니다.

sentence 011

If we face the fact, for it is a fact, that there is no arm to cling to, but that we go alone and that our relation is to the world of reality and not only to the world of men and women, then the opportunity will come and the dead poet who was Shakespear's sister will put on the body which she has so often laid down.

만약 우리가 사실을 직시한다면, 우리에게 매달릴 수 있는 것은 없고 오로지 혼자서 앞으로 나아가야 한다는 것을 깨달을 것입니다. 또한, 우리가 관계 맺는 현실이 남성과 여성만으로 이루어진 세계가 아니라는 것을 안다면 우리에게 기회는 언젠가 찾아올 것이며, 셰익스피어의 누이였던 죽은 시인의 옷을 다시 입을 수 있을 것입니다.

sentence 012

Fiction is like a spider's web, attached ever so lightly perhaps, but still attached to life at all four corners.

소설은 거미줄과 같아서 아주 가볍게 붙어 있는 것 같지만, 여전히 삶의 네 귀퉁이에 붙어 있습니다.

sentence 013

... it is fatal for anyone who writes to think of their sex. It is fatal to be a man or woman pure and simple; one must be woman-manly or man-womanly. The whole of the mind must lie wide open if we are to get the sense that the writer is communicating his experience with perfect fullness.

글을 쓰는 사람이 자신의 성별을 의식한다는 것은 치명적입니다. 의식적인 편향을 두고 쓰는 글은 소멸하기 마련입니다. 마음속의 남성과 여성의 협동이 일어나야만 예술 창작이 온전히 일어날 수 있습니다.

I find myself saying briefly and prosaically that it is much more important to be oneself than anything else. Do not dream of influencing other people, I would say, if I knew how to make it sound exalted. Think of things in themselves.

나는 다른 무엇이 아닌 자기 자신이 되는 것이 그 무엇보다 중요한 일이라고 간단하고 평범하게 중얼거릴 뿐입니다. 다른 사람에게 영향을 주겠다는 생각은 꿈도 꾸지 마세요. 혹여나 다른 사람에게 영향을 주고 싶다면, 대신 그것 자체의 것만 생각하세요.

다음 날 아침, '나'는 런던 거리를 창밖으로 내려다보았습니다. 그리곤 남성성과 여성성이 글쓰기에 미치는 영향에 대해 생각했습니다.

'나'가 도달한 결론은 글을 쓰려는 사람은 어느 쪽으로도 편향되어서는 안 된다는 것이었습니다. 이어서 '나'는 다시 한번, 글을 쓰는 데 있어 물질적 풍요로움이 얼마나 중요한지, 얼마나 강력한 힘을 가지는지 강조합니다.

Part 1 | 세상의 편견과 차별을 넘어서다   33

『자기만의 방』은 버지니아 울프의 대표작으로, 작가 특유의 날카로운 통찰력이 돋보이는 에세이입니다. 버지니아는 이 책에서 여성이 글을 쓰기 위한 두 가지 조건으로 돈과 자기만의 방을 제시합니다.

여기서 돈은 경제적 자유를 의미하며, 자기만의 방은 시공간적 자유를 의미합니다. 누구에게도 방해받지 않을 권리와 꿈을 펼치기 위해 금전적 여유를 갖춰야만 자신만의 역사를 써 내려갈 수 있기에 그렇습니다.

버지니아가 수많은 명작을 남길 수 있었던 이유 역시 이러한 조건이 갖춰져 있었기 때문이 아닐까요? 그가 제시한 조건들은 단연 문학에만 국한되는 것이 아닌, 자신의 세계를 확장하여 자아실현에까지 지대한 영향을 미칠 수 있는 요소입니다.

『자기만의 방』이 출간된 지 약 100년이 흐른 지금, 우리는 불합리함과 부조리함에서 벗어나고자 힘차게 소리칩니다. 드디어 평등이 수면 위로 올라온 것이죠. 그러나 버지니아가 꿈꾸던 세계는 아직 도래하지 않은 듯합니다.

여전히 유리천장(Glass ceiling)은 존재하며, 아직도 사회는 성별에 대한 높은 진입장벽을 세우고 있습니다. 누구나 자신의 재능을 마음껏 펼칠 수 있는 세상을, 성차별 없이 모두가 제 목소리를 낼 수 있는 사회가 도래하기를 버지니아는 바라 온 것이 아닐까요.

그의 문장은 성별을 넘어 성소수자, 장애인, 어린이, 이주민 등 사회에서 차별과 배제의 대상이 될 수 있는 우리 모두를 돌아보게 할 수 있습니다. 어쩌면 책을 읽고 있는 당신도 예외가 아닐 수 있습니다.

이처럼 수많은 시간이 흐른 지금까지도 버지니아의 문장들은 빛이 되어서 우리를 비춥니다. 펜을 들어 버지니아의 문장을 직접 번역하며 오래도록 기억하고 새겨보는 것이 어떨까요. 그의 문장에서 나만의 의미를 만들 수 있는 시간이 되길 바랍니다.

작품의 주제를 담고 있는 아래 문장을 읽고, 자기만의 방식으로 의역하거나
필사하면서 버지니아 울프의 문장을 마음에 새겨보세요.

sentence 015

So long as you write what you wish to write, that is all that matters.

당신이 쓰고 싶은 것을 쓰는 한, 그것이 전부입니다.

....

....

....

....

....

....

새로운 세상을 만들기 위한 목소리

Three Guineas_3기니

이 에세이는 여성 작가가 보내는 한 통의 긴 답문 편지 형식입니다. 편지의 수신인은 전쟁을 막기 위해 기부금을 내달라는 편지를 보냈던 남성 법조인입니다. 버지니아 울프는 각 파트에서 전쟁과 독재를 가부장제와 남성중심주의가 낳은 폐해라고 주장하며, 이를 해결하기 위한 비전을 아주 명쾌하게 제시합니다.

첫 번째 파트에서는 남성중심의 엘리트 교육이 전쟁에 대한 혐오를 교육하는 데 실패했다고 지적합니다. 그리고 여성과 소외 계층을 위한 새로운 교육이 필요하다고 말하죠. 고학력 남성의 딸들에게 생활비를 버는 것이 중요한 이유와 함께 돈을 벌면서 얻게 되는 자립의 힘을 강조하기 위해서였습니다.

And let the daughters of educated men dance round the fire
and heap armful upon armful of dead leaves upon the flames.
And let their mothers lean from the upper windows and cry,
"Let it blaze! Let it blaze!" For we have done with this educa-
tion!

불 위에 마른 잎들을 한 아름 쌓아 올려, 교육받은 자들의 딸들
이 불 주위에서 춤추게 하세요. 그리고 그들의 어머니들이 창
문에서 "불타올라라! 불타올라라!"라고 외치도록 하세요. 우
리가 이 교육을 해냈으니까요! (교육 시스템에 대한 비판과 변화의 필
요성을 의미)

Let us never cease from thinking—what is this "civilization"
in which we find ourselves? What are these ceremonies and
why should we take part in them? What are these professions
and why should we make money out of them?

우리가 어떤 "문명" 속에 있는 것인지 생각하는 것을 멈추지
마세요. 이러한 의식은 무엇이며 우리가 왜 참여해야 하는 건
지, 그리고 이러한 직업들은 무엇이며 왜 그것을 통해 돈을 벌
어야 하는 건지에 대해 생각해 보세요.

sentence 018

The value of education is among the greatest of all human values.

교육은 인간의 모든 가치 중 가장 위대합니다.

sentence 019

What we have to do now, then, Sir, is to lay your request before the daughters of educated men and to ask them to help you to prevent war, not by advising their brothers how they shall protect culture and intellectual liberty.

이제 우리가 해야 할 일은 교육받은 남성들의 딸들에게 전쟁을 막을 수 있도록 당신의 요청을 전하는 것이지, 어떻게 문화와 지적 자유를 보호할 것인지를 조언하는 것이 아닙니다.

두 번째 파트에서는 대다수 고위 전문직을 남성이 독식하고 있다는 사실을 폭로합니다. 여성도 일을 하고 돈을 벌 수 있게 되었지만, 여성에게 주어진 기회는 제한되어 있고 보수에서도 남성과 큰 차이가 있다는 것입니다.

동시에 전문직에 종사하는 남성들이 소유와 권리에 대한 집착, 탐욕에 갇혀 있음을 지적하며 직업 세계에 뛰어든 여성이 남성적 가치를 경계해야 한다고 강조합니다.

즉, 탐욕 때문에 돈의 노예가 되어 재능과 힘을 과시하게 되는 것을 경계하고, 가부장제를 세습하는 이들의 자부심을 무시하라고 단호하게 요구하는 것입니다. 능력이 있는 사람들에게 공평하게 직업의 기회를 부여하고, 서로 돕고 애쓰자고 말입니다.

이러한 여성의 움직임이 확대되고 사회가 여성에게 적절한 보수를 지급한다면 일의 노예가 된 남성도 달라질 것이라는 예측도 덧붙입니다. 그리하여 그는 가정과 사회에서 남성과 여성 모두가 진정한 자유를 누리게 되기를 꿈꿉니다.

sentence 020

A battle that wastes time is as deadly as a battle that wastes blood.

시간을 낭비하는 전투는 피를 낭비하는 전투만큼 치명적입니다.

sentence 021

It is true that women civil servants deserve to be paid as much as men; but it is also true that they are not paid as much as men.

여성 공무원도 남성 공무원만큼 급여를 받을 자격이 있는 것은 사실입니다. 그러나 그들이 남성 공무원만큼 돈을 받지 못하는 것도 사실입니다.

sentence 022

Though we see the same world, we see it through different eyes.

우리는 같은 세상을 보지만 다른 눈으로 봅니다.

세 번째 파트에서는 남성이 여성보다 우월하다는 생각을 반박하며 오래된 성적 금기를 들춰냅니다. 남성의 생각을 고착시키고 강화해 온 사회를 비판한 것이죠.
이러한 시선에는 가부장제를 옹호하는 사회가 세계대전을 촉발한 파시즘에 동조한다는 생각이 숨겨져 있으며, 가부장제 사회의 압박에서 벗어나야만 전쟁에 저항할 수 있다는 뜻이 내포되어 있었습니다.

가부장제 사회에서 여성은 억압에 대한 공포를, 남성은 금기가 깨지고 지배력을 잃는 것에 대한 두려움을 지니고 있습니다. 버지니아는 여성과 남성의 이러한 감정들이 마음속 깊숙한 곳에서 연결되어 있다고 이야기합니다. 그러므로 이 공포와 두려움을 함께 깨어 무찌르는 방향으로 협력하여 나가야 한다는 의견도 덧붙이면서 말입니다.

결론적으로 버지니아의 주장은 여성과 남성이 조력해야 한다는 것입니다. 전쟁이라는 파멸을 이겨내기 위해 소외 계층의 가치관에서부터 사고와 언어를 발전시켜 나가야 한다는 의견도 함께 내세웠습니다.

여성이 남성을 대체하거나 여성이 남성을 지배하는 것이 아니라, 견고한 가부장제를 해체하여 공존할 수 있는 사회를 만들어 나가야 한다고 주장합니다.

이러한 신념이 담긴 편지에서 그는 생존을 위한 최소한의 경제 활동을 제외하고는 다른 가치를 생산하지 않음으로써 전쟁을 거부합니다.

마지막으로 버지니아는 전쟁에 조금이라도 도움을 보태지 않을 것이라는 다짐과 현재의 위계질서를 지지하는 그 어떤 지위나 생각도 갖지 않겠다는 각오로 편지의 끝을 맺습니다. 여성 단체 세 곳에 각각 1기니*씩, '3기니'를 기부하기로 하면서 말입니다.

* 기니: 영국의 옛 화폐 단위로, 1기니는 1실링(shilling)의 21배

She will find that she has no good reason to ask her brother to fight on her behalf to protect 'our' country.

그는 형제에게 '우리' 나라를 보호하기 위해 그를 대신하여 싸우라고 요청할 정당한 이유가 없다는 것을 알게 될 것입니다.

'Our' country denies me the means of protecting myself, forces me to pay others a very large sum annually to protect me, and is so little able, even so, to protect me that Air Raid precautions are written on the wall.

'우리' 나라는 나를 스스로 보호할 방법을 제공하지 않고, 나를 보호해 주겠다며 매년 큰 금액을 내도록 강요하는데, 그런데도 그들은 나를 보호할 능력이 부족하여 벽에 공습경보를 써둘 뿐입니다.

Therefore if you insist upon fighting to protect me, or 'our' country, let it be understood, soberly and rationally between us, that you are fighting to gratify a sex instinct which I cannot share; to procure benefits which I have not shared and probably will not share.

그러므로 만약 당신이 나를 보호하기 위해, 혹은 '우리' 나라를 지키기 위해 싸우겠다고 고집한다면, 당신은 내가 공유할 수 없는 성(性) 본능을 만족시키기 위해 싸우고 있고, 내가 공유하지 않았고 아마도 공유하지 않을 이익을 얻기 위해 싸우고 있다는 것을 우리에게 분명히 이해시켜야 합니다. (전쟁을 논하는 방식을 비판하며 전쟁을 성욕을 충족시키는 수단 및 또 다른 이익을 얻기 위한 수단으로 간주하여서는 안 된다는 것을 의미)

sentence 026

......, to listen not to the bark of the guns and the bray of the gramophones but to the voices of the poets, answering each other, assuring us of a unity that rubs out divisions as if they were chalk marks only; to discuss with you the capacity of the human spirit to overflow boundaries and make unity out of multiplicity.

총소리와 축음기 소리가 아니라 시인들의 목소리에 귀를 기울여 보세요. 그들이 서로 대화하고자 하는 것은, 대립을 분필 자국처럼 지워내는 일입니다. 단일성을 만들어 내려는 시인들의 노력입니다. 인간 정신이 경계를 넘어 다양성 속에서 통일성을 창출하는 능력에 대해 함께 토론해 보고 싶습니다.

sentence 027

Such are the conditions attached to these guineas. You shall have it, to recapitulate, on condition that you help all properly qualified people, of whatever sex, class, or colour, to enter you profession.

이것이 이 금화에 붙은 조건입니다. 요약하자면 당신은 성별, 계급 또는 피부색과 관계없이 적절한 자격을 갖춘 모든 사람이 당신의 직업에 종사할 수 있도록 돕는다는 조건으로 이 금화를 갖게 될 것입니다.

sentence 028

Take this guinea and with it burn the college to the ground. Set fire to the old hypocrisies. Let the light of the burning building scare the nightingales and incarnadine the willows.

이 금화로 대학을 완전히 불태우세요. 오래된 위선자들에게 불을 지르세요. 불타는 건물의 빛이 나이팅게일(밤에도 잘 우는 갈색의 작은 새)을 놀라게 하고 버드나무의 화신이 되도록 만들어 주세요.

sentence 029

The questions that we have to ask and to answer about that

procession during this moment of transition are so important
that they may well change the lives of men and women forever.

이 전환의 순간에 우리가 묻고 답하는 질문들은 매우 중요합
니다. 남성과 여성의 삶을 영원히 바꿀 수 있기 때문입니다.

작품 전체에 버지니아의 예리한 시선이 잘 드러나는『3기니』
는 두 번의 큰 전쟁과 파시즘, 문학과 예술의 변화, 정치, 교육,
취업의 권리를 얻기 위한 여성의 투쟁 등 격변하는 시대를 배
경으로 합니다. 그리고 이 요소들은 버지니아의 생애와 작품
세계를 관통하는 주제이기도 합니다.

『3기니』만의 독특한 점은 편지와 주석의 교차 편집 형식을
차용한 것입니다. 버지니아는 이 긴 편지에 여러 주석을 추가
했는데, 정보를 담은 짧은 문장부터 소논문 길이의 글까지 형
태와 분량이 다양했습니다.

또한, 주석에는 여성과 남성의 격차 지표는 물론 국내외 정
세에 대한 분석이 포함되어 있는데, 집필을 위해 오랫동안 써
온 스크랩북을 바탕으로 하였기에 굉장히 명확하다는 평가를
받고 있습니다.

당시 유력 인사들에 대한 조롱에 가까운 비판도 서슴지 않았

던 버지니아. 광장에서 울려 퍼지는 듯 그의 강연을 생생하게 옮겨낸 『3기니』는 버지니아의 에세이 중에서도 가장 실험적이라고 평가받습니다.

여성의 권리와 사회적 정의에 대한 버지니아의 고찰이 담긴 이 작품에서 그는 사람의 민주주의와 평등을 위해서는 교육과 지성이 필수적인 도구라고 이야기합니다. 버지니아는 작품 내에서 폭력과 전쟁의 현실을 비판적 시선으로 바라보며 그 파괴적이며 비인도적인 면을 타파하기 위해 교육을 통한 평등권과 사회 정의를 지지합니다. 독자들은 이 작품을 통해 진정한 정의란 무엇인가에 관해 깊이 사유해 볼 수 있습니다.

작품의 주제를 담고 있는 아래 문장을 읽고, 자기만의 방식으로 의역하거나
필사하면서 버지니아 울프의 문장을 마음에 새겨보세요.

sentence 030

As a woman I want no country. As a woman my country is
the whole world.

여성으로서 나는 나라를 원하지 않습니다. 여성으로서 내 나
라는 전 세계입니다.

....

....

....

....

....

....

내면의 목소리를 찾기 위한 여행

The Voyage Out_출항

앰브로우즈 부부는 선박회사 소유주인 윌로우비 빈레이스의 초대를 받아 배에 오릅니다. 자녀는 두고 둘만 승선했습니다. 앰브로우즈 부부는 윌로우비의 딸인 레이첼의 외삼촌 부부입니다. 윌로우비의 딸 레이첼은 이 부부를 배에서 맞이합니다. 그 사이 폭풍우 치는 밤, 전직 의원인 리처드 댈러웨이는 느닷없이 레이첼에게 키스합니다.

레이첼의 외숙모인 헬렌 앰브로우즈는 그 일을 계기로 레이첼이 어머니를 잃은 후 고모들의 손에 양육되면서 사회와 담을 쌓았고, 남녀 관계에도 무지한 채 오직 피아노에만 몰두했다는 사실을 알게 됩니다. 이기적인 윌로우비가 딸 레이첼이 아내를 대신해 손님을 맞고 집안일을 돌보며 살아가기를 바란다는 것도 알아차리죠. 헬렌은 이를 안타깝게 여겨 레이첼의 안목을 넓혀

주겠다고 결심합니다.

sentence 031

A slight but perceptible wave seemed to roll beneath the floor; then it sank; then another came, more perceptible. Lights slid right across the uncurtained window. The ship gave a loud melancholy moan.

작지만 감지할 수 있는 파도가 바닥 아래로 굴러갔습니다. 파도는 곧 가라앉았고, 더 감지하기 쉬운 다른 파도가 다가왔습니다. 커튼이 쳐지지 않은 창문 너머로 불빛이 스쳐 갑니다. 배는 크고 애절한 한숨을 내뱉습니다. (파도와 배의 강렬한 모양새를 통한 긴장과 불안을 묘사)

sentence 032

Why did he sit so near and keep his eye on her? Why did they not have done with this searching and agony? Why did they not kiss each other simply? She wished to kiss him. But all the time she went on spinning out words.

그는 왜 그렇게 가까이 앉아서 상대방을 주시했을까요? 왜 그들은 이 탐색과 고통을 끝내지 않았을까요? 왜 그들은 그저 키

스하지 않았을까요? 상대는 키스를 원했지만 그는 계속해서 말을 꺼낼 뿐이었습니다.

sentence 033

That was the strange thing, that one did not know where one was going, or what one wanted, and followed blindly, suffering so much in secret, always unprepared and amazed and knowing nothing; but one thing led to another and by degrees something had formed itself out of nothing, and so one reached at last this calm, this quiet, this certainty, and it was this process that people called living.

그것은 이상한 것이었습니다. 한 사람은 자신이 어디로 가는지, 무엇을 원하는지 몰랐고, 맹목적으로 따라갔고, 비밀리에 너무 많은 고통을 겪었고, 항상 준비되지 않았고, 놀랐으며, 아무것도 알지 못했습니다. 하지만 한 가지 일이 또 다른 일로 이어졌고, 점차 무에서 어떤 것이 스스로 형성되었고, 그래서 마침내 이 고요함, 이 확신에 도달했습니다. 이 과정이 곧 사람들이 삶이라고 부르는 것이었습니다. (삶의 복잡성과 미지의 미래를 묘사하며 우리가 때로는 무엇을 원하는지 모르는 채로 살아가지만 시간에 따라 모든 것이 조화롭게 결합할 것임을 의미)

For some time she observed a great yellow butterfly, which was opening and closing its wings very slowly on a little flat stone. "What is it to be in love?" she demanded, after a long silence; each word as it came into being seemed to shove itself out into an unknown sea. Hypnotized by the wings of the butterfly, and awed by the discovery of a terrible possibility in life, she sat for some time longer. When the butterfly flew away, she rose, and within, her two books beneath her arm returned again, much as a soldier prepares for battle.

레이첼은 잠시 작고 평평한 돌 위에서 아주 천천히 날개를 여닫는 커다란 노란 나비를 관찰했습니다. 그는 오랜 침묵 끝에 "사랑한다는 것이 무엇인가요?"라고 물었습니다. 단어 하나하나가 알 수 없는 바다로 밀려나는 것처럼 보였습니다. 나비의 날개에 매혹되고, 삶 속에서 무서운 가능성을 발견한 경외감에 사로잡힌 그는 얼마 동안 더 앉아 있었습니다. 나비가 날아갔을 때, 그는 일어서서 그의 팔 아래 두 권의 책을 가지고 다시 돌아왔습니다, 마치 한 전투를 준비하는 군인처럼요.

대서양을 건너 남미의 산타 마리나 섬에 도착한 앰브로우즈 부부는 레이첼과 함께 내립니다. 무더운 곳에서의 생활을 시작한 레이첼은 새로운 자연환경을 접하며 의식이 확장되는 것을 느낍니다. 그는 헬렌과 함께 밤 산책하러 나갔다가 시내의 호텔을 구경하면서 그곳에 투숙하고 있는 영국인들과 교류하기 시작합니다.

투숙객 세인트 존 허스트와 테렌스 휴잇은 매우 다른 성격이었지만 친구 사이였습니다. 지적 허영심으로 가득 차 있던 허스트는 레이첼의 무지를 비웃으며 그에게 책을 보내 교육하려 들고, 소설가 지망생인 휴잇은 지적인 게 꼭 좋은 것만은 아니라며 자유로운 정신을 강조했습니다. 허스트는 레이첼이 허스트 자신을 사랑한다고 생각했지만, 레이첼은 오히려 휴잇과 더 가까워집니다.

sentence 035

Rachel read what she chose, reading with the curious literalness of one to whom written sentences are unfamiliar, and handling words as though they were made of wood, separately of great importance, and possessed of shapes like tables or chairs. In this way she came to conclusions.

레이첼은 자신이 선택한 것을 읽었으며, 문장을 처음 접하는 사람들의 특유한 해석력으로 문장을 다루었고, 단어들을 마치 나무로 만들어진 것처럼 취급하며, 각각이 중요한 의미가 있으며 테이블이나 의자와 같은 모양을 가졌다고 여겼습니다. 이 방식으로 그는 결론에 도달했습니다.

sentence 036

The vision of her own personality, of herself as a real everlasting thing, different from anything else, unmergeable, like the sea or the wind, flashed into Rachel's mind, and she became profoundly excited at the thought of living.

자신의 개성, 다른 것과 구분되는 실제로 영구한 존재로서의 모습, 바다나 바람처럼 병합되지 않는 모습에 대한 상상이 레이첼의 마음에 번쩍 들며, 살아 있다는 생각에 깊이 감동하였습니다. (자신의 독특한 존재와 생의 의미를 깨달은 레이첼이 자신을 있는 그대로의 실체로 인식함을 의미)

sentence 037

"Books – books – books," said Helen, in her absent-minded way. "More new books - I wonder what you find in them..."

"책 – 책 – 책"이라고 헬렌이 멍하니 말했습니다. "더 많은 새 책, 저는 당신이 그 책들에서 무엇을 찾을지 궁금합니다……"

You're the only person I've ever met who seems to have the faintest conception of what I mean when I say a thing.

당신은 내가 어떤 말을 할 때 내가 무슨 말을 하는지에 대해 가장 희미하게 이해하는 것처럼 보이는 유일한 사람이에요.

레이첼은 휴잇과 가까운 사이가 되어 일체감과 행복을 느꼈습니다. 그러나 곧 행복은 고립감으로 변하고, 고통을 경험하며 휴잇에게 이질감을 느낍니다.

한편, 호텔 투숙객 플러싱 부부의 원주민 마을 탐험 제안에 헬렌과 레이첼, 휴잇과 허스트까지 여섯 명이 작은 증기선을 빌려 며칠간의 여행을 떠납니다.

레이첼은 원주민 마을에서 낯섦과 친숙함을 느낍니다. 게다가 숲속에서 휴잇과 결혼까지 약속합니다. 하지만, 결혼을 약속하던 바로 그때 레이첼은 수풀에 쓰러지며 헬렌의 얼굴을 떠올립니다.

숙소로 돌아온 레이첼은 며칠 후 두통을 호소하더니 자리에 드러누워 앓기 시작합니다. 열에 들떠 여자가 남자의 목을 칼로 베는 환영을 보는 레이첼. 결국 레이첼은 숨을 거두고, 그 소식을 전해 들은 호텔 투숙객들은 다시 각자의 잠자리로 돌아갑니다.

They all dreamt of each other that night, as was natural, considering how thin the partitions were between them, and how strangely they had been lifted off the earth to sit next each other in mid-ocean, and see every detail of each others' faces, and hear whatever they chanced to say.

그들 사이의 칸막이들이 얼마나 얇은지, 그리고 이상하게도 그들이 바다 한가운데 함께 앉아 서로의 얼굴을 들여다보며 서로에게 무슨 말을 할 수 있을지를 생각하다 보니, 그들은 모두 그날 밤 자연스럽게 서로에 대한 꿈을 꾸었습니다.

When two people have been married for years they seem to become unconscious of each other's bodily presence so that they move as if alone, speak aloud things which they do not expect to be answered, and in general seem to experience all the comfort of solitude without its loneliness.

결혼한 두 사람이 여러 해 동안 함께 지내다 보면, 그들은 서로의 신체적 존재에 대한 의식을 잃어버립니다. 그들은 혼자 있을 때처럼 행동하고, 서로의 답을 기대하지 않으며, 결국 외로움 없이 고독의 편안함을 느끼는 것처럼 보입니다.

To speak or to be silent was equally an effort, for when they were silent they were keenly conscious of each other's presence, and yet words were either too trivial or too large.

말하거나 침묵하는 것, 모두 노력이 필요한 일이었습니다. 그들은 서로의 존재를 예민하게 알아차리고 침묵했지만, 단어들은 너무 사소하거나 너무 컸습니다.

As in time she would vanish, though the furniture in the room would remain. Her dissolution became so complete that she could not raise her finger anymore, and sat perfectly still, listening and looking always at the same spot. It became stranger and stranger.

시간이 지나면 레이첼은 사라지겠지만, 방 안의 가구는 남아 있을 것입니다. 스스로 사라질 것 같다고 느낀 레이첼은 손가락조차도 올리지 못했습니다. 레이첼은 완전히 녹아 없어지는 것 같았고, 아무것도 하지 않고 가만히 앉아서 항상 같은 곳을 듣고 보았습니다. 상황은 더 이상해졌습니다.

sentence 043

She fell into a deep pool of sticky water, which eventually closed over her head. She saw nothing and heard nothing but a faint booming sound, which was the sound of the sea rolling over her head. While all her tormentors thought that she was dead, she was not dead, but curled up at the bottom of the sea.

레이첼은 끈적끈적한 깊은 웅덩이에 완전히 빠졌습니다. 이제 레이첼은 아무것도 보지 못하고 희미하게 쿵쾅거리는 소리만 듣습니다. 바다가 머리 위를 흐르는 소리였습니다. 많은 사람 은 레이첼이 죽었다고 생각했지만, 그는 죽은 것이 아니라 바 다 밑바닥에서 웅크리고 있었습니다. (심리적 압박감을 겪고 있을 때의 내면세계를 표현)

sentence 044

"I want to write a novel about Silence," he said; "the things people don't say."

그는 "나는 침묵, 즉 사람들이 말하지 않는 것에 대한 소설을 쓰고 싶어."라고 말했습니다.

It appeared that nobody ever said a thing they meant, or ever talked of a feeling they felt, but that was what music was for.

아무도 그들이 의미하는 것을 말하지 않았고, 그들이 느끼는 감정에 대해 말한 적이 없는 것처럼 보였지만, 그것이 바로 음악이었습니다.

I feel so intensely the delights of shutting oneself up in a little world of one's own, with pictures and music and everything beautiful.

저는 사진과 음악 그리고 모든 아름다운 것들과 함께 자신만의 작은 세계에 틀어박히는 기쁨을 매우 강렬하게 느낍니다.

『출항』은 레이첼이라는 젊은 여성이 존재의 의미를 찾아가는 과정을 보여줍니다. 동시에 인물의 감정을 대변하고 인물의 감정에 개입하여 파장을 일으키기도 하는 풍경을 생동감 있게 묘사한 작품입니다.

그 외에도 영국의 응접실과 사교 문화 속에서 이루어지는 인물 간의 상호작용을 담고 있는데, 이는 언어를 통한 의사소통으로 진정한 교감이 가능한가에 대한 질문이기도 합니다.

심오한 질문을 던지며 관계와 삶, 존재와 영혼의 진실에 다가가고자 했던 버지니아는 여성의 정신세계를 풀어낸 글이 많지 않았던 가부장제 시대에 자기만의 방식으로 하나의 세계를 구축했습니다. 자신의 세계 속에서 '자신만의 영혼의 경험, 진정한 존재의 순간을 표현할 수 있는 새로운 여성 언어'를 탐구하고자 한 것입니다.

이런 점을 고려한다면, 아무것도 모르던 레이첼이 자신의 감정을 인식하고, 성과 사랑에 대해 질문하고, '결혼'에 이르는 과정은 존재의 의미와 삶의 지향점을 발견하는 중요한 변화로 볼 수 있습니다.

버지니아가 처음으로 출간한 소설인 『출항』은, 이처럼 정치적인 목소리를 서슴없이 발화하는 급진적인 면모를 보여줍니다. 미학적인 문체에만 집중해서 버지니아의 작품을 읽었던 사람이라면 간과하기 쉬운 부분이죠.

버지니아의 이 작품은 여성들의 경험과 정체성에 주목하며, 그들이 사회적 제약과 기대 속에서 어떻게 자기를 발견하고 표현하는지를 탐구합니다. 특히 레이첼이 사회적 제약에서 벗어나 자유와 독립을 찾는 모습을 통해 독자들을 돌아보게 하죠. 버지니아는 레이첼을 통해서 독자들이 어쩌면 제한된 기회 속에서 살고 있는지도 모른다고 말하는 것일 수도 있습니다. 그리하여 독자들이 스스로 그 문을 박차고 나올 수 있기를 소망하면서요.

오늘날 이 소설은 성별에 상관없이 모두가 공감합니다. 사회적 구조와 규율, 성차별, 타인의 시선에 고통받는 우리 모두에게 해당하는 이야기입니다. 버지니아는 자신이 원하던 삶을 놓치고 있을지도 모르는 독자에게 새로운 방향을 열어줍니다. 우리가 진정으로 꿈꾸던 미래를 이룰 첫 발걸음을 내디딜 수 있도록 말입니다.

작품의 주제를 담고 있는 아래 문장을 읽고, 자기만의 방식으로 의역하거나
필사하면서 버지니아 울프의 문장을 마음에 새겨보세요.

sentence 047

> We're all in the dark. We try to find out, but can you imagine
> anything more ludicrous than one person's opinion of another
> person? One goes along thinking one knows; but one really
> doesn't know.

우리는 모두 어둠 속에 있어요. 우리는 알아내려고 노력하지
만, 다른 사람에 대한 한 사람의 의견보다 더 터무니없는 것을
상상할 수 있나요? 사람들은 안다고 생각하지만, 실제로는 알
지 못합니다.

....

....

....

....

....

....

Part. 2

어떻게 살 것인가,
의식의 흐름에 몰입하다

2장의 세 작품에선 불완전한 기억을 일상의 조각들로 조립하는 버지니아를 볼 수 있습니다. 버지니아는 시간의 흐름을 비선형적으로 다루며, 주인공의 과거와 미래를 뒤섞어 놓았습니다. 가정환경과 어린 시절의 영향으로 당시의 혼돈한 감정이 스며들어 있기 때문입니다. 이러한 의식의 흐름에 몰입한 독자는 곧 삶과 기억이 다른 영역이라는 사실을 발견하게 될 것입니다.

시공간을 초월한
의식의 흐름

The Mark on the Wall _벽에 난 자국

1월 중순쯤, '나'는 그동안 보지 못했던 자국을 발견하였습니다. 벽에 난 자국을 본 건 차를 마시다 담배를 피우고 있을 적이었습니다.

담배 연기를 벗어난 '나'의 시선은 잠시 불타는 숯덩이에 머물렀습니다. 고요한 순간이었으나 숯덩이를 본 '나'의 머릿속에는 성의 탑에서 나부낄 것만 같은 진홍색 깃발이 떠올랐습니다. 벽에 난 자국을 본 순간 상상이 끊겼지만요.

그 자국이 못 때문에 생겼다면, 그것은 그림을 위한 게 아니었을 것입니다. 붉은 입술을 가진 여성의 소형 초상화 같은 것이요. 물론 확실한 건 아닙니다. '나'보다 먼저 이 집에 살았던 사람들은 고요한 그 방에 오래된 그림을 걸어뒀을 테니까요.

그들이 이 집을 떠날 때, 가구 스타일을 바꾸고 싶었다고 말했던 것 같지만, 이 역시도 확실하진 않습니다. 사실 그 자국은 못으로 만들어진 게 아닐지도 몰라요. '나'는 벽에 난 자국을 유심히 보며 생각합니다.

sentence 048

Perhaps it was the middle of January in the present year that I first looked up and saw the mark on the wall. In order to fix a date it is necessary to remember what one saw.

아마도 올해 1월 중순쯤, 나는 처음으로 눈을 들어 올려 벽에 있는 자국을 보게 되었어요. 날짜를 정하기 위해서는 무엇을 보았는지 기억해야 합니다.

sentence 049

The mark was a small round mark, black upon the white wall, about six or seven inches above the mantelpiece.

이 흔적은 작은 원 모양의 흑색 표식이었고, 벽난로 위로 6~7인치 정도 높이에 있었어요.

sentence 050

How readily our thoughts swarm upon a new object, lifting it a little way, as ants carry a blade of straw so feverishly, and then leave it.

우리의 생각이 얼마나 쉽게 새로운 대상으로 옮겨가는지를 생각해 보세요. 우리는 마치 개미가 한 조각의 짚을 열심히 들어올려 옮겨두는 듯하다 금방 놓아버리듯 생각합니다.

sentence 051

That is the sort of people they were—very interesting people, and I think of them so often, in such queer places, because one will never see them again, never know what happened next.

그들은 정말로 흥미로운 사람들이었고, 나는 그들을 자주 생각하곤 해요. 정말 이상한 곳에서까지 그들을 떠올리는데, 다시는 그들을 만나지 못할 것이고 그다음에 어떤 일이 일어났는지도 알지 못할 것이기 때문이에요.

sentence 052

I might get up, but if I got up and looked at it, ten to one I shouldn't be able to say for certain; because once a thing's done, no one ever knows how it happened.

일어나서 그것을 보게 된다면, 아마 무어라 정확히 말할 수는 없을 것 같아요. 한 번 일이 벌어진 뒤에는 누구도 어떻게 그런 일이 일어났는지 정확히 알 수 없으니까요.

그렇다면 고양이가 뜯어 먹은 자국일까요? 어쩌면 쥐가 갉아 먹은 흔적일까요? 파란색의 서늘한 북 바인딩 도구 세 개 그리고 새장, 철로 둥그렇게 구부린 것, 강철 스케이트, 석탄 삽, 바가텔 게임판.

어느새 그 모든 것은 사라지고 보석도 사라집니다. 그은 피부처럼 소실되고 각인된 모든 것이 떠오릅니다. 문득 '나'는 지금 이 순간 단단한 가구로 둘러싸여 있다는 것이, 옷을 입고 있다는 사실이 기적처럼 느껴집니다.

자, 이번에는 삶이 끝난 뒤 꽃잎이 두꺼운 녹색 줄기를 천천히 끌어내려 뒤집힐 때를 떠올려 보세요. 자신을 보랏빛과 빨간빛으로 물들이는 꽃잎을요.

우리는 이와 같이 태어날 수 없었던 것일까요? 무력하고, 말을 할 수 없으며, 이목을 집중시키지 못하고, 풀의 뿌리나 거인들의 발가락을 더듬는 모습으로 태어날 수 없었냐는 겁니다. 구분과 경계가 없도록요. '나'는 인생에 대해 고민합니다.

Why, if one wants to compare life to anything, one must liken it to being blown through the Tube at fifty miles an hour—landing at the other end without a single hairpin in one's hair! Shot out at the feet of God entirely naked!

왜냐하면, 인생을 무엇과 비교하기 위해서는, 그것을 마치 시속 80km로 튀어 나가는 지하철 속에서 휩쓸리는 것과 비슷하다고 생각해야 하기 때문이에요. 다른 한쪽 끝에 하나의 핀도 없이 착륙하는 것처럼! 신의 발밑에 완전히 맨몸으로 던져지는 것과 같아요! (삶의 무상한 변화와 무작위성을 강조)

Yes, that seems to express the rapidity of life, the perpetual waste and repair; all so casual, all so haphazard.

네, 그게 인생의 빠른 속도, 끊임없는 낭비와 수리를 표현하는 것 같아요. 모두 너무 우연스럽고, 마구잡이예요.

As for saying which are trees and which are men and women, or whether there are such things, that one won't be in a condition to do for fifty years or so.

무엇이 나무인지, 그렇다면 어떤 것이 여자이고 어떤 것이 남자인지 구분하는 것은 50년 정도 후에나 가능할 것입니다.

sentence 056

The tree outside the window taps very gently on the pane.... I want to think quietly, calmly, spaciously, never to be interrupted, never to have to rise from my chair, to slip easily from one thing to another, without any sense of hostility, or obstacle. I want to sink deeper and deeper, away from the surface, with its hard separate facts.

창문 밖의 나무가 유리를 두드리며 부드러운 소리를 냅니다. 조용하고 차분하게, 여유롭게 생각하고 싶습니다. 아무런 방해 없이, 의자에서 일어나지 않아도 되며, 다른 생각으로 쉽게 넘어갈 수 있도록요. 적대감 없이 표면과 딱딱하고 구체적인 사실들에서 멀어져 더 깊이 빠져들고 싶어요.

sentence 057

And then I came into the room. They were discussing botany. I said how I'd seen a flower growing on a dust heap on the site of an old house in Kingsway.

그리고 나는 방에 들어왔습니다. 그들은 식물학에 관해 토론하고 있었고, 나는 그들에게 언젠가 킹스웨이에 있는 오래된 집 쓰레기 더미 위에서 꽃이 자라나는 것을 본 적이 있다고 말했습니다.

벽에 난 자국은 결코 구멍이 아니었습니다. 아마도 여름에 남은 작은 장미 잎사귀와 같은 둥근 검은 물질 때문일 수도 있겠습니다.

'나'는 창밖의 흔들리는 잎사귀를 바라보며 생각했습니다. 표면과 거리를 두고, 딱딱하게 분리된 사실들이 있는 곳에서 멀어지고 싶다고요.

그러고는 스스로를 안정시키기 위해 지나가는 한 가지 생각을 잡아보았습니다. 셰익스피어, 튼튼한 안락의자에 앉아 불을 바라보는 남자. 그의 머릿속 하늘 높은 곳에서 아이디어가 소나기처럼 끊임없이 내리는 모습.

문을 열어 이마에 손을 대고 앉아 있는 그의 모습을 들여다보는 사람들은 얼마나 지루했을까 하는 생각. 그러나 이런 생각은 사실 전혀 흥미롭지 않습니다. 다른 기분 좋은 생각을 찾고 싶습니다.

As we face each other in omnibuses and underground railways we are looking into the mirror; that accounts for the vagueness, the gleam of glassiness, in our eyes.

버스나 지하철에서 서로 마주 보고 앉을 때, 우리는 서로의 얼굴을 거울처럼 바라보고 있습니다. 그래서 우리 눈에는 모호함과 유리 같은 광택(무관심과 감정의 결여)이 보입니다.

In certain lights that mark on the wall seems actually to project from the wall. Nor is it entirely circular.

벽에 있는 그 흔적은 조명 아래에서 보면 벽에서 튀어나온 것처럼 보이며, 완전한 동그라미 모양은 아닙니다.

I cannot be sure, but it seems to cast a perceptible shadow, suggesting that if I ran my finger down that strip of the wall it would, at a certain point, mount and descend a small tumulus, a smooth tumulus like those barrows on the South Downs which are, they say, either tombs or camps.

확실하지는 않지만, 그 표식은 인식 가능한 그림자를 드리우는 것으로 보이며, 만약 그 벽의 줄기를 손가락으로 따라 내려간다면 어느 지점에서는 작은 흙더미를 올라탔다가 내려갈 것처럼 보입니다. 그 흙더미는 남쪽 다운즈(Downs) 지역에 있는 묘지나 요새인 부드러운 흙더미처럼 보입니다. (세상에 대한 관찰과 상상의 경계가 모호한 순간을 의식의 흐름에 따라 묘사)

sentence 061

I understand Nature's game–her prompting to take action as a way of ending any thought that threatens to excite or to pain.

나는 자연의 순리를 이해합니다. 자연은 우리에게 흥분이나 고통을 끝내기 위한 행동을 유도합니다.

sentence 062

Hence, I suppose, comes our slight contempt for men of action—men, we assume, who don't think. Still there's no harm in putting a full stop to one's disagreeable thoughts by looking at a mark on the wall.

그래서 아마도 우리는 행동하는 사람들에 대한 약간의 경멸을 품게 되는 것 같아요—우리는 그들을 생각하지 않는 사람들로 가정합니다. 그래도 벽에 있는 한 표지를 바라봄으로써 불쾌

한 생각을 멈춥니다.

sentence 063

I like to think of the fish balanced against the stream like flags blown out; and of water-beetles slowly raising domes of mud upon the bed of the river. I like to think of the tree itself: first the close dry sensation of being wood; then the grinding of the storm; then the slow, delicious ooze of sap.

나는 시내에서 튀어나온 깃발처럼 물에 맞춰진 물고기와 진흙 위에 천천히 움푹 파인 돔을 만드는 물방개를 생각하기를 좋아합니다. 나무 자체에 대해 생각하는 것도 좋아합니다. 먼저 나무로서의 건조한 감각, 그 후 폭풍의 굴러오는 소리 그리고 천천히 흐르는 수액의 맛을 생각해 보세요. (자연의 다양한 요소를 상상하며 미적인 감각과 과정을 표현)

sentence 064

I like to think of it, too, on winter's nights standing in the empty field with all leaves close-furled, nothing tender exposed to the iron bullets of the moon, a naked mast upon an earth that goes tumbling, tumbling all night long.

나는 겨울의 밤, 모든 잎사귀가 꽉 말린 빈 들판에서 서 있는 모습도 상상합니다. 어떤 연한 부분도 달의 철탄에 노출되지 않는 모습, 밤새 구르는 땅 위의 벗겨진 돛대처럼 지구 위에 서 있는 모습을 상상하기 좋아합니다. (자연의 극적인 모습과 황홀한 아름다움을 표현)

The song of birds must sound very loud and strange in June; and how cold the feet of insects must feel upon it, as they make laborious progresses up the creases of the bark, or sun themselves upon the thin green awning of the leaves, and look straight in front of them with diamond-cut red eyes....

6월에는 새들의 노래가 매우 시끄럽고 이상하게 들릴 것이고, 나무껍질의 주름을 따라 힘겹게 나아가는 곤충들의 발은 차가울 것입니다. 곤충들은 해 뜨는 잎사귀 위에서 햇볕을 쬐고, 다이아몬드처럼 빨간 눈으로 앞을 바라볼 것입니다. (자연 속 생명들의 경험을 감각적으로 묘사)

One by one the fibres snap beneath the immense cold pressure of the earth, then the last storm comes and, falling, the highest branches drive deep into the ground again.

지구의 거대한 압력 아래에서 섬유 하나하나가 부러지고, 그리고 마지막 폭풍이 오면, 가장 높은 나뭇가지가 다시 땅 깊숙이 파고들게 됩니다.

버지니아의 『벽에 난 자국』은 의식의 흐름 문학의 대표적인 작품 중 하나로 현재에도 연구 자료로 쓰일 만큼 다양하게 해석되는 소설입니다.

전개 내내 주인공의 생각과 기억, 연상, 감정 등은 형태가 없으며 시간과 공간의 경계도 흐릿합니다. 이처럼 내면의 생각을 탐구하는 데서 비롯된 문장들에는 명확한 해설이란 있을 수가 없습니다.

작가 특유의 미묘한 관찰력은 해석이 필요 없을 만큼 훌륭합니다. 덕분에 작품 내에서는 주인공의 마음이 자유롭게 흘러가는 것처럼 묘사되죠. 말도 안 되는 전개지만 작가의 의식에 홀린 듯이 빠져들고 맙니다.

그렇게 독자는 '나'의 내면세계에 일체화되고, '나'의 복잡한 감정과 노출되는 상상력들은 독자의 공감을 일깨웁니다.

벽의 작은 자국에서 시작하여 인생과 예술 등 다양한 주제로 확장되는 형식의 작품. 이러한 특징은 일반 소설과는 확연히 다른 방식입니다.

차별화된 형식에 낯설 수도 있겠지만, 다른 형식이라고 해서 받아들이기 힘든 것만은 아닙니다. 생소한 충격과 색다른 매력이 독자들을 부드럽게 매혹하기 때문입니다.

즉, 『벽에 난 자국』은 시간의 흐름과 변화에 대한 고찰로 시간의 상대성을 탐구합니다. 이러한 과정은 결국 독자에게 내적인 고찰과 현실 세계의 연결을 촉발합니다. 여러분도 의식의 흐름에서 비롯한 자기 내면세계와 감정을 탐구해 볼 수도 있겠습니다.

작품의 주제를 담고 있는 아래 문장을 읽고, 자기만의 방식으로 의역하거나
필사하면서 버지니아 울프의 문장을 마음에 새겨보세요.

sentence 067

Everything's moving, falling, slipping, vanishing.... There is a
vast upheaval of matter.

모든 게 움직이고, 떨어지고, 미끄러지고, 사라져 가고 있습니
다……. 물질에 거대한 격변이 벌어지고 있어요.

....

....

....

....

....

....

결혼이란
도대체 무엇인가

Night and Day_밤과 낮

캐서린은 위대한 시인이었던 리처드 앨러다이스의 외손녀였습니다. 그는 할아버지의 그림자에 가려진 채, 자신의 개성을 철저히 감추고 살아갔습니다. 문학평론가이자 편집장인 캐서린의 아버지 힐버리는 집안일을 캐서린에게 떠맡기고 일에 몰두했으며, 어머니인 힐버리 부인은 리처드의 전기를 쓰는 일에 십여 년째 매달려 있었으나 좀처럼 진척이 없었습니다.

그 때문에 캐서린은 하인들을 관리하고, 청구서를 지불하고, 리처드의 유품을 구경하러 오는 사람들을 안내하고, 응접실에서 손님들을 접대하고, 어머니의 전기 집필을 도와주기까지 하며 바쁜 시간을 보내고 있었습니다.

새벽이나 늦은 밤, 자신의 침실에서 애매한 언어에서 벗어나 정확한 수치의 수학을 공부하는 것이 캐서린의 유일한 낙이었습니다. 하지만 그는 가족들에게 자신이 수학을 좋아하고 공부하고 있다는 사실을 알리지 않았습니다. 그들은 캐서린에게 관심이 없었으니까요. 캐서린은 누구에게도 인정받지 못한 채 그림자처럼 살았습니다.

sentence 068

She liked getting hold of some book... and keeping it to herself, and gnawing its contents in privacy, and pondering the meaning without sharing her thoughts with anyone, or having to decide whether the book was a good one or a bad one.

캐서린은 책을 혼자 간직하는 것을 좋아했습니다. 혼자 비밀스럽게 책을 꺼내보고 아무에게도 자기 생각을 공유하지 않았습니다. 특히 그 책이 좋은 것인지 나쁜 것인지를 결정하지 않고 그 의미를 곰곰이 생각하는 것을 좋아했습니다.

sentence 069

"What is nobler," she mused, turning over the photographs, "than to be a woman to whom everyone turns, in sorrow or difficulty?"

캐서린은 사진을 넘기며 "슬픔이나 어려움 속에서 모든 사람

이 의지하는 여성이 되는 것보다 더 고귀한 것이 무엇인가?"라
고 생각했습니다.

"Have I never understood you, Katherine? Have I been very
selfish?" "Yes ... You've asked her for sympathy, and she's not
sympathetic; you've wanted her to be practical, and she's not
practical."

"내가 당신을 이해하지 못한 적이 있나요, 캐서린? 제가 아주
이기적이었나요?" "네……. 당신이 동정을 구한 그 상대에게
는 동정심이란 없었습니다. 당신은 결코 현실적이지 않은 사
람에게 현실적인 존재가 되어 달라고 하는 것입니다." (캐서린이
타인과의 관계에서 느끼는 소통의 어려움을 의미)

She held in her hands for one brief moment the globe which we
spend our lives in trying to shape, round, whole, and entire
from the confusion of chaos.

혼돈 속에서, 캐서린은 잠시 우리가 둥글고 완전한 전체로 만들
고자 평생을 노력하는 지구본(삶)을 손에 쥐었습니다. (세계의 복
잡성과 혼돈을 극복하여 완전함을 만들어내려는 인간의 노력과 욕망을 의미)

캐서린의 노동은 누구에게도 인정받지 못했습니다. 그래서인지, 바쁜 일상 속 캐서린의 마음은 언제나 사람들이 없는 먼 곳으로 향해 있었습니다.

힐버리의 초대로 캐서린의 집에 방문한 랠프 데넘은 침묵에 빠진 캐서린의 모습을 처음 보고 단번에 그의 처지를 이해합니다. 반면 어린 시절부터 가까운 사이였던 약혼자 윌리엄은 캐서린이 자신을 무시한다고 생각하여 분노하고요.

캐서린의 침묵이 지속되자, 여성 참정권 운동에 매진하는 랠프의 친구 메리 대치트조차 캐서린이 일을 하지 않는다고 생각합니다. 설상가상으로 캐서린의 약혼자 윌리엄은 캐서린의 사촌 카산드라에게 반하고 말죠.

한편 랠프를 짝사랑하던 메리 대치트는 캐서린에게 말합니다. 랠프가 사랑하는 사람은 바로 캐서린이라고요. 그렇게 캐서린은 랠프와 연인이 됩니다.

상황은 나쁘지 않았으나, 문제는 캐서린의 상태였습니다. 캐서린은 혼란을 겪고 있었습니다. 캐서린이 랠프나 윌리엄과 나누는 대화는 명료하지 않았습니다. 사랑한다고 말했다가, 다시 사랑하지 않는다고 했다가, 서로를 존중하자고 했다가, 의지하기도 하고, 열정과 흥분을 느끼다가 냉정과 이성을 느끼면서 혼란에 빠졌기 때문이었습니다.

그들과의 대화로 캐서린은 사람들이 말하는 낭만적인 '사랑'

이라는 감정은 실체가 없다고까지 느낍니다.

그러는 사이, 캐서린과 랠프, 윌리엄, 그리고 메리 대치트, 네 남녀의 엇갈린 관계에 대한 소문이 퍼집니다. 소문을 들은 힐버리는 카산드라를 집에서 내쫓고 윌리엄과 랠프에게 찾아오지 말 것을 경고합니다.

그러고는 셰익스피어의 무덤에 방문한 아내에게 캐서린과 윌리엄을 결혼시키자는 내용의 편지를 씁니다. 하지만 돌아온 힐버리 부인은 캐서린에게 윌리엄보다는 랠프가 더 잘 어울린다는 사실을 인정하고, 윌리엄과 카산드라의 사랑에도 축복을 내려줍니다.

sentence 072

His eyes were bright, and, indeed, he scarcely knew whether they held dreams or realities... and in five minutes she had filled the shell of the old dream with the flesh of life.

사실 그는 눈이 밝았지만, 랠프는 그것들이 꿈인지 현실인지 알지 못했습니다. 그리고 5분 뒤, 누군가 그 오래된 꿈의 껍질을 생명의 육체로 채웠습니다. (함께함으로써 꿈과 현실이 어우러져 있는 순간을 의미)

She seemed a compound of the autumn leaves and the winter sunshine ...

그녀는 가을 낙엽과 겨울 햇살의 합성물 같아 보였습니다……

But he persuaded her into a broken statement, beautiful to him, charged with extreme excitement as she spoke of the dark red fire, and the smoke twined round it, making him feel that he had stepped over the threshold into the faintly lit vastness of another mind, stirring with shapes, so large, so dim, unveiling themselves only in flashes, and moving away again into the darkness, engulfed by it.

그러나 그녀를 설득하며 검붉은 불에 대해 말할 때 그는 극도의 흥분으로 가득 차 있었고, 연기가 그 주위를 휘감았으며 문지방을 넘어 희미하게 빛나는 다른 마음의 광활함 속으로 들어갔다고 느꼈습니다. 그 마음은 다양한 모양들로 가득 차 있었는데, 그 모양들은 너무 크고 희미해서 단지 반짝이는 잠깐의 찰나에만 모습을 드러냈습니다. 그리곤 다시 어둠 속으로 사라져버리곤 했습니다. (대화를 통해 새로운 아이디어와 경험의 세계로 들어간 상상의 순간)

『밤과 낮』은 버지니아가 3년 동안의 정신과 투병을 마무리하며 쓴 소설입니다. 글을 쓸 수 있는 시간이라고는 고작 하루 한시간에 불과한 병상에서, 버지니아는 이 작품을 썼습니다. 자신의 운명을 스스로 개척하는 젊은 여성 캐서린을 앞세워 버지니아 자신의 마음을 안정시킬 만한 행복한 이야기를 만들어 갔습니다.

『밤과 낮』은 실험적인 문체로 익히 알려진 버지니아가 관습적인 문체를 연습한 대표적인 작품으로 알려져 있습니다. 특히 두 주인공의 결혼으로 끝을 맺는 방식은 제인 오스틴의 관습을 따르는 것처럼 보입니다.

이 작품은 버지니아에게 "어떻게 살 것인가?"를 묻는 작품이었습니다. 이 질문은 버지니아가 형제자매와 모일 때마다 열심히 토론했을 정도로 골몰하던 문제였습니다.

『밤과 낮』에는 버지니아가 답을 찾아 나가는 과정이 고스란히 담겨 있습니다. 빅토리아 시대의 유물과 할아버지의 그림자에서 벗어나 자신의 미래를 만들어 나가는 캐서린의 모습에서 편집장이던 아버지의 책상에서 벗어나 소설가가 되기로 결심한 버지니아가 보이지 않나요?

Purposely, perhaps, Mary did not agree with Ralph; she loved to feel her mind in conflict with his, and to be certain that he spared her female judgement no ounce of his male muscularity.

아마도 메리는 랠프의 말에 의도적으로 동의하지 않았을 것입니다. 메리는 랠프와 대립하는 것을 좋아했고, 랠프가 메리의 여성적 판단을 경시하지 않는다고 생각했습니다.

Her soliloquy crystallized itself into little fragmentary phrases emerging suddenly from the turbulence of her thought, particularly when she had to exert herself in any way, either to move, to count money, or to choose a turning.

그의 독백은 생각의 혼란 속에서 갑자기 떠오르는 작은 단편적인 문구로 구체화되었으며, 특히 움직이거나, 돈을 세거나, 방향을 선택해야 할 때 더욱 돋보였습니다.

I've done my best to see you as you are, without any of this damned romantic nonsense. That was why I asked you here, and it's increased my folly. When you're gone I shall look out of that window and think of you. I shall waste the whole evening thinking of you. I shall waste my whole life, I believe.

난 당신을 있는 그대로 보기 위해 최선을 다했어요. 이런 빌어먹을 낭만적인 헛소리 없이 말이죠. 그래서 제가 당신을 여기로 부른 거예요. 그리고 그게 제 어리석음을 키웠네요. 당신이 떠나면 창밖을 내다보며 당신을 생각할 거예요. 당신 생각에 저녁 시간 전부를, 제 인생 전부를 낭비할 것 같아요.

sentence 078

I see you everywhere, in the stars, in the river, to me you're everything that exists.

나는 어디서나 당신을 봅니다. 별들 속에서도, 강에서도, 나에게 당신은 존재하는 모든 것입니다.

sentence 079

She would not have cared to confess how infinitely she preferred the exactitude, the star-like impersonality, of figures to the confusion, agitation, and vagueness of the finest prose.

그녀는 아름다운 산문의 혼란과 동요, 모호함보다 인물들의 정확성, 별과 같은 비인격성을 얼마나 무한히 선호하는지 고백하려고 하지 않았을 것입니다.

sentence 080

To seek a true feeling among the chaos of the unfeeling or half-feelings of life, to recognize it when found, and to accept the consequences of the discovery, draws lines upon the smoothest brow.

삶의 무감각 또는 반쯤 느껴지는 혼란 속에서 진정한 무언가를 찾다가, 언젠가 그것이 진정으로 발견된다면, 그 발견을 인식하고 제대로 받아들이는 것은 매끈한 이마에 선을 긋는 것과 같습니다. (진정한 감정을 찾는 과정에서 겪는 어려움과 그로 인해 깊게 새겨지는 인생의 경험을 의미)

sentence 081

How was one to lasso her mind, and tether it to this minute, unimportant spot?

어떻게 그의 마음을 채찍질해서 중요하지도 않은 이 순간에 묶을 수 있었을까요?

『밤과 낮』에서 버지니아는 인물들에게 인생의 방향을 제시하지도, 과감한 모험 정신을 허용하지도 않습니다. 버지니아는 이러한 방식으로 현실의 한계를 보여주며 은밀하게 사회적 관습과 차별 의식, 고착된 예의범절, 문학적 편견에 대해 비판합니다.

또한, 인물들의 대화에는 낭만적인 열정이나 우아한 감수성과 같은 로맨스 대신 이성과 분별이 담겨 있습니다. 이를 통해 남편을 사랑하지만, 성적인 관계를 철저히 배제한 채 그와 동등한 입장에 서고자 했던 캐서린의 생각을 보여주고 있습니다.

버지니아는 결혼 생활은 감정적인 결합이지만 현실이라는 거대한 벽을 마주하는 순간 그 의미가 변질될 확률이 높다고 말합니다.

그러니 안정적인 애정에다 이성적인 판단을 곁들여 서로를 동등하게 존중하는 배우자를 선택하라는 메시지를 전합니다. 특히 캐서린처럼 냉정하고 이성적이기도 하지만 공상에 빠져 우유부단하게 굴기도 하는, 평범한 모든 이들에게요.

캐서린이라는 인물을 통해 버지니아가 말하고자 하는 것은 무엇이었을까요? 그는 우리에게 결혼에 대해, 나아가 한 사람이 삶의 방식을 선택하고 인간으로서 타인과 결합하는 일에 대해 진지하게 생각해 볼 것을 조언합니다.

결혼이란 무엇이며, 삶에서 결혼은 어떤 의미를 가지는 것인지에 관해서요. 아마도 버지니아는 『밤과 낮』을 통해 독자들의 삶과 미래에 대한 새로운 인지의 기회를 제공하려고 했는지도 모르겠습니다.

작품의 주제를 담고 있는 아래 문장을 읽고, 자기만의 방식으로 의역하거나
필사하면서 버지니아 울프의 문장을 마음에 새겨보세요.

sentence 082

Believe me, Katharine, you'll look back on this these days
afterwards; you'll remember all the silly things you've said;
and you'll find that your life has been built on them. The best
of life is built on what we say when we're in love.

날 믿어요, 캐서린, 당신은 이 시절을 돌아보게 될 거예요. 당신
은 당신이 했던 모든 바보 같은 말들을 기억하게 될 거예요. 그
리고 당신의 삶이 그 말들 위에 세워졌다는 것을 알게 될 거예
요. 삶의 가장 아름다운 순간은 사랑에 빠져 있을 때 우리가 하
는 말들 위에 세워집니다.

....

....

....

....

....

....

인생에서 무언가를
욕망한다는 것은

Jacob's Room_제이콥의 방

북해 연안의 지방 도시 스카보로 출신인 제이콥은 케임브리지에서 대학에 다닙니다. 그는 어딘가 서툴고 촌스러운 한편 고귀한 용모와 건장한 체격을 지닌 낭만적인 성향의 청년으로 젊음에서 오는 확신을 가졌습니다. 영국의 고전문학과 그리스 문학을 진지하게 탐구하는 이 젊은이는 사람들에게 자주 호감을 샀으나, 막상 제이콥이라는 인물의 진실에 더 깊이 다가갈 수 있는 사람은 없었습니다.

오래전부터 긴 세월을 알고 지내왔는데도 수많은 이가 제이콥을 스치거나 관통할 뿐입니다. 사람들은 다양한 거리에서 다양한 방식으로 제이콥을 만나고 각기 다른 마음의 동요를 느낍니다. 제이콥을 통해서 주변의 인물들은 과거의 추억을 떠올리고, 향수에 젖고, 후회하고, 꿈꾸게 됩니다.

Melancholy were the sounds on a winter's night.

우울은 겨울밤의 소리였습니다.

Every face, every shop, bedroom window, public-house, and dark square is a picture feverishly turned—in search of what? It is the same with books. What do we seek through millions of pages?

모든 얼굴, 모든 상점, 침실 창문, 공공 주택, 어두운 광장은 열광적으로 변한 그림입니다. 책도 마찬가지입니다. 우리가 수백만 페이지를 통해 추구하는 것은 무엇입니까?

Anyone who's worth anything reads just what he likes, as the mood takes him, and with extravagant enthusiasm.

가치 있는 사람은 자신이 좋아하는 대로, 기분에 따라, 그리고 화려한 열정으로 읽습니다.

I like books whose virtue is all drawn together in a page or
two. I like sentences that don't budge though armies cross
them.

나는 한두 페이지 안에 모든 가치가 집약되어 있는 책을 좋아
합니다. 수많은 군인이 건너가도 흔들리지 않을 문장들을 좋
아합니다.

그러나 그들이 궁극적으로 갈망하는 것은 제이콥에게 있지
않았습니다. 그들은 제이콥의 모습에 자신을 비추어 보면서 자
신을 돌아보고 존재의 의미를 찾고 싶어 했습니다.
　하지만 제이콥의 속내를 알 수 없는 그들의 욕망은 굴절되거
나 좌절되고 억눌립니다.

　제이콥을 향한 사랑의 감정을 무엇보다 소중히 여겨 그 순간
이 영원하기를 바라는 여인이라도 끝내 제이콥과 거리를 두고
맙니다.
　이를테면, 그리스에서 만난 중년의 여인인 산드라는 제이콥
의 사랑을 얻지만, 진짜 원했던 것은 제이콥과의 깊은 관계가
아닌 다른 무언가였습니다. 산드라는 제이콥을 바라보고, 사랑
받고, 함께 머물며 자신의 의미를 확인하고 싶을 뿐이었습니다.

The tumult of the present seems like a elegy for past youth and past summers, and there rose in her mind a curious sadness, as if time and eternity showed through skirts and waistcoats, and she saw people passing tragically to destruction.

지금의 동요는 과거의 젊음과 지난여름을 추억하는 노래 같습니다. 그의 마음에는 마치 시간과 영원함이 치마와 양복 조끼를 통해 비치는 것처럼 신비한 슬픔이 일어났습니다. 그는 사람들이 비극적으로 파멸하는 것을 바라봅니다. (시간과 영원함의 흐름, 인간의 운명과 삶의 무상함을 의미)

Her eyes seemed to question, to commiserate, to be, for a second, love itself.

그의 눈은 의문을 던지고, 연민을 표하고, 잠깐은 사랑 그 자체가 되는 것 같았습니다.

But who, save the nerve-worn and sleepless, or thinkers standing with hands to the eyes on some crag above the multitude, see things thus in skeleton outline, bare of flesh?

그렇다면 신경이 쇠약하고 잠을 이루지 못하는 사람들이나 군중 위의 바위에 손을 대고 서 있는 사상가들을 제외하고 누가 이렇게 뼈만 앙상한 윤곽으로 사물을 볼 수 있을까요? (다른 사람들과는 다르게 세부적인 것이 아닌, 핵심적인 구조나 개요를 통해 현실을 관찰하는 이들이 세상에 존재함을 의미)

sentence 090

They were boastful, triumphant; it seemed to both that they had read every book in the world; known every sin, passion, and joy. Civilizations stood round them like flowers ready for picking. Ages lapped at their feet like waves fit for sailing.

그들은 자랑스럽고 의기양양했습니다. 두 사람 모두 세상의 모든 책을 읽은 것 같았습니다. 모든 죄와 열정과 기쁨을 알 것 같았습니다. 문명은 꺾이기 위해 준비된 꽃처럼 그들 주위에 서 있었습니다. 세월이 항해하기에 적합한 파도처럼 그들의 발에 밀려왔습니다.

또한, 제이콥과의 사랑을 이루지 못해 괴로워하는 미스 페리와 육체적인 관계를 맺고도 진실한 결합으로 나아가지 못하는 플로린다를 보세요.

이들은 사랑과 열정으로도 존재의 순간을 만들어 내지 못하는 좌절된 욕망의 전형입니다. 특히, 제이콥을 향한 미스 페리의 사랑은 그 이면에 좋은 교육을 받고 그와 같이 고상해지고 싶다는 진짜 욕망이 숨어 있지만, 미스 페리는 그러한 사실도 몰랐습니다.

제이콥의 어머니 역시 마찬가지였습니다. 세 아이의 어머니로 살아가기 위해 사랑의 기회를 모두 놓친 플랜더스 부인은 욕망을 억누르며 바닷가 오두막에 외로이 살고 있습니다. 그는 아들을 사랑하면서도 궁금한 것을 묻지 못했습니다. 그래서 제이콥의 편지엔 어머니가 알고 싶은 진실이 하나도 담겨 있지 않았죠.

그렇게 제이콥은 모두에게 알 수 없는 존재가 되었습니다.

sentence 091

The voice had an extraordinary sadness. Pure from all body, pure from all passion, going out into the world, solitary, unanswered, breaking against rocks—so it sounded.

그 목소리에는 남다른 슬픔이 담겨 있었습니다. 모든 몸과 모든 열정으로부터 순수하며, 고독히 세상으로 나가고, 답을 얻지 못한 채 바위에 부딪혀 부서지는 소리였습니다.

sentence 092

The train ran out into a steep green meadow and Jacob saw striped tulips growing and heard a bird singing, in Italy.

There were trees laced together with vines—as Virgil said. Virgil's bees had gone about the plains of Lombardy. It was the custom of the ancients to train vines between elms. Then at Milan there were sharp-winged hawks, of a bright brown, cutting figures over the roofs.

기차는 가파른 녹색 초원으로 달려갔고 제이콥은 줄무늬 튤립이 자라는 것과 새가 노래하는 것을 보았습니다.

버질이 말한 것처럼, 나무들은 덩굴과 함께 묶여 있었고 벌들은 롬바르디아 평원을 돌아다녔습니다. 느릅나무 사이에 덩굴을 길들이는 것은 고대의 관습이었습니다. 그리고 밀라노에는 밝은 갈색의 날카로운 날개를 가진 매들이 지붕 위로 모습을 드러냈습니다. (기차에서 풍경을 관찰하는 장면을 의식의 흐름으로 묘사)

sentence 093

Though the wind is rough and blowing in their faces, those girls there, striding hand in hand, shouting out a song, seem to feel neither cold nor shame. They are hatless. They triumph.

바람이 얼굴에 거칠게 불고 있지만, 손을 잡고 노래를 부르는 소녀들은 추위나 부끄러움을 느끼지 않는 것 같습니다. 그들은 모자를 쓰지 않고도 승리합니다.

sentence 094

Blame it or praise it, there is no denying the wild horse in us. To gallop intemperately; fall on the sand tired out; to feel the earth spin; to have—positively—a rush of friendship for stones and grasses, as if humanity were over, and as for men and women, let them go hang—there is no getting over the fact that this desire seizes up pretty often.

그것을 비난하든 칭찬하든, 우리 안의 야생마 같은 본능을 부정할 수는 없습니다. 끝없이 질주하고, 지쳐 모래 위로 쓰러지기도 하고, 지구의 회전을 느끼고, 돌과 풀에도 우정을 느끼듯 말입니다. 마치 인류는 이미 끝났지만 남성과 여성은 그저 그대로일 것만 같은 욕구가 우리를 자주 휩쓸고 갑니다. (야생적 본능을 가진 인간이 인간 사회라는 일상에서 벗어나 자유로움을 느끼고 싶어 한다는 욕구를 의미)

sentence 095

It is no use trying to sum people up.

사람들을 요약하려고 노력하는 것은 아무 소용이 없습니다.

It's not catastrophes, murders, deaths, diseases, that age and kill us; it's the way people look and laugh, and run up the steps of omnibuses.

우리를 늙고 죽게 만드는 것은 재앙, 살인, 죽음, 질병이 아니라 사람들이 보고, 웃고, 버스에 올라타는 방식입니다.

Either we are men, or we are women. Either we are cold, or we are sentimental. Either we are young, or growing old. In any case life is but a procession of shadows, and God knows why it is that we embrace them so eagerly, and see them depart with such anguish, being shadows.

우리는 남성이거나 여성입니다. 우리는 이성적이나 감상적입니다. 우리는 젊거나 늙어 가고 있습니다. 어쨌든 인생은 그림자의 행렬에 불과하며, 신은 우리가 왜 그렇게 열렬히 그들을 껴안고 그림자임에도 불구하고 그들이 떠나는 것을 고통스럽게 여기는지 알고 계십니다.

Kind old ladies assure us that cats are often the best judges of character. A cat will always go to a good man, they say.

친절한 노부인들은 고양이가 종종 성격을 가장 잘 판단한다고 확신하며 고양이는 항상 좋은 사람에게 간다고 말합니다.

『제이콥의 방』이 출간된 1922년은 영문학사에서 아주 특별한 한 해였습니다. 이 소설이 제임스 조이스의 『율리시스』와 T.S. 엘리엇의 『황무지』와 함께 현대 문학의 지평을 열었기 때문입니다. 이들은 전쟁의 상처를 딛고 새로운 문학을 위한 실험적인 형식을 시도했다는 공통점이 있습니다.

특히 『제이콥의 방』은 제이콥과 주변 인물을 통해 우리가 타인을 바라보고 관계를 맺는 방식을 보여줍니다. 이러한 방식은 '생각'이 발현하는 과정을 현실적으로 보여주는 '의식의 흐름' 기법으로 이어지기도 합니다.

의식의 흐름 기법이 활용된 최초의 작품 중 하나로 여겨지는 이 작품에서 버지니아는 문학의 전통에 갇히지 않고, 인물의 내면을 포착하는 방법을 찾고자 했습니다.

주인공 제이콥과 그의 주변 인물들의 내면세계를 탐구하며,

독자들은 인간의 내적 복잡성과 심리적 상태를 간접적으로 경험해 볼 수 있습니다. 제이콥을 둘러싼 인간관계와 사랑이 제이콥이라는 인간의 삶과 정체성을 형성하고 변화시키는 모습은 우리의 삶을 돌아보게 하죠.

이러한 기능을 위해, 버지니아는 이전 소설들에서 보아온 익숙한 형식이 아닌 새로운 방식을 사용하여 인물을 다양한 각도에서 새롭게 바라볼 수 있도록 만들었습니다.

이러한 관점에서 버지니아의 실험이 읽기 어려운 난해한 글로 귀결되었다고 볼 수만은 없습니다. 그 시도가 버지니아가 자신만의 새로운 틀을 만들어 가는 과정이었으니까요.

버지니아는 제이콥을 둘러싼 인물들처럼, 독자들 역시 타인을 바라볼 때 자신만의 편협한 시각을 갖고 있는 것은 아닐지 생각해 보기를 바란 것이 아닐까요.

우리도 우리가 원하고 바라는 것을 위해 누군가를 정의하고 타인을 내가 만든 틀에 맞추려고 시도하고 있을지도 모릅니다.

✒ 내 문장 속 버지니아

작품의 주제를 담고 있는 아래 문장을 읽고, 자기만의 방식으로 의역하거나
필사하면서 버지니아 울프의 문장을 마음에 새겨보세요.

sentence 099

The strange thing about life is that though the nature of it must have been apparent to every one for hundreds of years, no one has left any adequate account of it. The streets of London have their map; but our passions are uncharted. What are you going to meet if you turn this corner?

인생에 대한 이상한 점은 수백 년 동안 모든 사람에게 그 본질이 분명히 드러나 있었지만, 누구도 충분한 설명을 남기지 않았다는 것입니다. 런던의 거리는 지도가 있지만, 우리의 감정은 아직 탐험 되지 않은 영역입니다. 이 구석을 돌면 무엇을 만나게 될까요?

Part. 3

초월적인 존재를
사랑하게 되다

3장의 세 작품에선 역사와 시간의 흐름을 넘어 혁신을 만드는 버지니아를 목격할 수 있습니다. 버지니아는 고정된 틀에서 벗어나 주인공의 자아와 정체성에 중점을 두기 시작합니다. 주인공들은 자신의 역할과 정체성을 스스로 정의하며, 끊임없이 자아를 탐구합니다. 과격적인 변화는 초월적인 존재를 만들어 냄으로써 반드시 독자에게 사랑받게 될 것입니다.

개의 공간에 가만히
귀 기울이면

Flush_플러시

이야기는 원산지가 스페인인 견종, 코커스패니얼이 어떻게 영국에 들어오게 되었는지에서부터 시작됩니다.

'플러시'는 순종 코커스패니얼 혈통의 개입니다. 태어난 해는 1842년 초쯤이라고 버지니아는 짐작합니다. 플러시는 원래 작가 겸 극작가인 미트포드의 개였습니다. 그러나 플러시가 순종 코커스패니얼의 계급에 알맞은 대우를 받기 어렵게 되자, 미트포드는 플러시를 돌봐줄 적당한 사람에게 개를 보냅니다.

그 사람이 바로 윔폴 가의 엘리자베스 바렛 브라우닝이었습니다. 플러시는 바렛의 동반자로 런던에 보내지면서 새로운 상황에 놓입니다. 시골을 돌아다니며 자유롭게 살던 플러시가 바렛의 곁인 런던에서 생활하며 변한 것이죠.

플러시는 그리스어 사전을 머리로 베고 누워서 시간을 보내면서, 자연스럽게 짖는 것과 무는 것을 싫어하게 되었다고 합니다. 개의 활기보다는 고양이의 침묵과 인간과의 교감을 선호하게 된 것이죠.

플러시의 주인이 된 바렛은 시인으로 이미 이름을 알린 작가였으나 건강이 좋지 않아 방에서만 생활하고 있었습니다. 바렛이 병 때문에 종일 어두운 방에 틀어박혀 지냈으므로, 주인의 발치에 자리 잡는 특권과 즐거움에 대한 대가로 플러시는 자연에 대한 격렬한 본능을 억누르는 법을 터득해야 했습니다.

sentence 100

And then she looked up and saw Flush. Something unusual in his look must have struck her. She paused. She laid down her pen. Once he had roused her with a kiss, and she thought that he was Pan. He had eaten chicken and rice pudding soaked in cream. He had given up the sunshine for her sake.

그리고 바렛은 고개를 들어 플러시를 보았습니다. 플러시의 표정을 보니 뭔가 심상치 않은 것이 그를 덮친 것이 틀림없었습니다. 바렛은 잠시 멈추고 펜을 내려놓습니다. 한 번은 플러시가 키스로 그를 깨우자, 그는 플러시를 팬으로 생각하기도 했습니다. 플러시는 크림에 적신 치킨과 쌀 푸딩을 먹었고, 바렛을 위해 햇빛을 포기했습니다.

sentence 101

But how different! Hers was the pale worn face of an invalid, cut off from air, light, freedom. His was the warm ruddy face of a young animal.

얼마나 다른지 보세요! 바렛의 얼굴은 공기와 빛, 자유로부터 단절된 병자의 창백한 얼굴이지만, 플러시의 얼굴은 어린 동물의 따뜻하고 붉은 얼굴이었습니다.

sentence 102

Flush was no longer a puppy; he was a dog of four or five; he was a dog in the full prime of life—and still Miss Barrett lay on her sofa in Wimpole Street and still Flush lay on the sofa at her feet.

플러시는 더 이상 강아지가 아니었습니다. 네다섯 살짜리 개였습니다. 그의 나이는 가장 활기에 넘치는 때였습니다. 그런데도 플러시는 여전히 윔폴 가의 소파에 있는 바렛의 발아래에 누워 있었습니다.

Miss Barrett's life was the life of "a bird in its cage." She some-
times kept the house for weeks at a time, and when she left it,
it was only for an hour or two, to drive to a shop in a carriage,
or to be wheeled to Regent's Park in a bath-chair.

바렛의 삶은 "새장 속의 새"의 삶이었습니다. 그는 때때로 몇
주 동안 집에 있었고, 마차를 타고 가게로 가거나 바퀴 달린 의
자를 타고 리젠트 공원으로 가는 것은 한두 시간뿐이었습니다.

처음에는 당황하던 플러시는 바렛과 함께 지내며 점차 그를
이해합니다. 바렛 역시 플러시를 위해 어떤 위험이라도 감수하
겠다는 의지를 갖게 되었죠. 이렇게 바렛과 플러시 사이에는 서
로를 떼어놓을 수 없는 각별한 애정이 생겨나기 시작했습니다.
플러시는 자신과 바렛을 동일하게 여길 정도로 그를 사랑했
기 때문에, 바렛의 연인인 로버트 브라우닝을 질투하고 경계했
습니다. 반면, 바렛은 로버트에게 보내는 연애편지에 플러시에
대한 애정을 적어 보내곤 했습니다.

그러던 어느 날, 플러시가 누군가에게 납치됩니다. 바렛은
납치된 플러시를 찾기 위해 직접 빈민가로 향합니다. 당시에는
여성이 자유롭게 외출할 수 없었을 뿐만 아니라, 빈민가에 가

는 일은 생명의 위협을 무릅쓰는 일이었는데도 말입니다.

바렛은 그만큼 플러시를 향한 사랑과 열의를 드러냈습니다. 플러시의 존재는 바렛이 세계와 연결되는 하나의 중요한 열쇠였던 것이죠. 플러시의 존재를 통해 자연 세계에 더욱 가까워진 바렛은 여기에서 한 걸음 더 나아가기로 합니다.

sentence 104

Twice Flush had done his utmost to kill his enemy; twice he had failed. And why had he failed, he asked himself? Because he loved Miss Barrett. Looking up at her from under his eyebrows as she lay, severe and silent on the sofa, he knew that he must love her for ever.

플러시는 적을 죽이기 위해 최선을 다했지만 두 번이나 실패했습니다. 플러시는 자기 자신에게 실패의 원인을 물어봅니다. 그것은 바렛을 사랑했기 때문이었습니다. 바렛이 소파에 조용히 누워 있을 때 플러시는 그의 눈썹 밑에서 그를 올려다보며, 로버트가 바렛을 영원히 사랑해야만 한다고 생각했습니다.

sentence 105

When Mr. Barrett came as usual, Flush marvelled at his obtuseness. He sat himself down in the very chair that the man had sat in. His head pressed the same cushions that the man's had pressed, and yet he noticed nothing.

바렛(로버트 브라우닝의 결혼 후 이름)이 왔을 때, 플러시는 그의 둔감함에 놀랐습니다. 바렛은 그 사람이 앉아 있던 정확히 같은 의자에 앉았는데도, 그 사람이 눌러 놓았던 똑같은 쿠션을 누르고 있다는 사실을 알지 못했습니다.

sentence 106

Saturday was the fifth day of Flush's imprisonment. Almost exhausted, almost hopeless, he lay panting in his dark corner of the teeming floor. Doors slammed and banged. Rough voices cried. Women screamed.

토요일은 플러시가 잡혀간 지 5일째 되는 날이었습니다. 거의 기진맥진하고, 거의 절망적인 상태로, 그는 들끓는 바닥의 어두운 구석에 숨을 헐떡이며 누워 있었습니다. 문이 쾅 하고 닫혔습니다. 거친 목소리로 울부짖었습니다. 여자들은 비명을 질렀습니다.

바렛은 집안의 반대에도 로버트 브라우닝과 결혼하고 이탈리아로 도피했습니다. 그렇게 엘리자베스 바렛은 엘리자베스 바렛 브라우닝이 됩니다. 바렛이 로버트의 편지를 읽을 때 언제나 곁에 있던 플러시는, 두 사람이 이탈리아의 플로렌스 지방으로 이동할 때도 함께였습니다.

　이탈리아는 벼룩이 극성을 부리는 지역이었습니다. 이탈리아로 건너온 플러시는 벼룩 때문에 혈통의 증명이었던 긴 털을 깎게 됩니다. 바렛은 벼룩으로 괴로워하는 플러시를 위해 그의 털을 깎습니다. 이 경험을 통해 플러시는 자신이 아무것도 아닌 존재라는 사실을 깨닫죠.

　골칫덩어리였던 벼룩이 사라져 몸이 가뿐해지자, 플러시는 활기가 차오릅니다. 병상에서 앓다 일어난 바렛이 이탈리아에 정착하며 외모 강박에서 벗어나 자유로움을 느끼게 된 것처럼요.

sentence 107

Wilson went downstairs to fetch the letters as usual. Everything was as usual—every night the postman knocked, every night Wilson fetched the letters, every night there was a letter for Miss Barrett. But tonight the letter was not the same letter; it was a different letter. Flush saw that, even before the envelope was broken.

　윌슨은 평소처럼 편지를 가지러 아래층으로 내려갔습니다. 모든 것이 평소와 같았습니다. 매일 밤 우체부가 노크하고, 매일 밤 윌슨이 편지를 가져왔고, 매일 밤 바렛에게 온 편지가 있었습니다. 하지만 오늘 밤의 그 편지는 평소와 같은 편지가 아니라 다른 편지였습니다. 플러시는 봉투가 뜯기기도 전에 이 사실을 알아챘습니다.

sentence 108

But soon Flush became aware of the more profound differences that distinguish Pisa—it was in Pisa that they were now settled—from London. The dogs were different. In London he could scarcely trot round to the pillar-box without meeting some pug dog, retriever, bulldog, mastiff, collie, Newfoundland, St. Bernard, fox terrier or one of the seven famous families of the Spaniel tribe. To each he gave a different name, and to each a different rank. But here in Pisa, though dogs abounded, there were no ranks.

그러나 곧 플러시는 피사와 런던을 구별하는 더 큰 차이를 깨달았습니다. 그곳의 개들은 달랐습니다. 런던에서 지낼 때는 언제나 퍼그 독, 레트리버, 불도그, 마스티프, 콜리, 뉴펀들랜드, 세인트버나드, 폭스테리어 또는 스패니얼 부족의 7개 유명한 가족 중 하나를 길거리에서 만났습니다. 그들은 모두 각각 다른 가문과 계급이었습니다. 하지만 여기 피사에는, 수많은 개가 있지만 계급이 없었습니다.

He became brothers with all the dogs. He doesn't have to be leashed in this new world. He doesn't even need protection.

그는 모든 개와 형제처럼 지냈습니다. 이 새로운 세계에서는 목줄이 필요하지 않았으며, 심지어는 보호도 필요하지 않습니다.

Flush felt himself like a prince in exile. He was the sole aristocrat among a crowd of canaille. He was the only pure-bred cocker spaniel in the whole of Pisa.

플러시는 자신을 유배 중인 왕자처럼 느꼈습니다. 그는 일반인들 속에서 유일한 귀족이었습니다. 피사 전체에서 유일한 순종 스패니얼이었습니다.

Here in Italy were freedom and life and the joy that the sun breeds. One never saw men fighting, or heard them swearing; one never saw the Italians drunk.

이곳 이탈리아에는 자유와 생명, 그리고 햇볕에서 온 기쁨이 있었습니다. 사람들이 싸우는 것을 본 적이 없었고, 욕하는 것도 들어본 적이 없으며, 이탈리아인들이 술에 취한 모습을 본 적도 없었습니다.

sentence 112

On 26 July 1926, Vita Sackville-West gave the Woolfs a cocker spaniel puppy which they named Pinka (or Pinker). She ate holes in Virginia's skirt and devoured Leonard's proofs. But, writes Virginia, "she is an angel of light."

1926년 7월 26일, 비타 색빌웨스트는 버지니아 울프에게 코커 스패니얼 강아지를 주었고 그들은 그것을 핑카(또는 핑커)라고 이름 지었습니다. 그가 버지니아의 치마에 구멍을 내고, 레너드의 교정쇄를 집어삼켰지만, 버지니아는 "그는 빛의 천사입니다."라는 문장을 써 내려갔습니다.

sentence 113

But, if we now turn to human society, what chaos and confusion meet the eye! No Club has any such jurisdiction upon the breed of man.

그러나 우리가 이제 인간 사회로 눈을 돌린다면, 얼마나 많은 혼돈과 혼란이 눈에 띄겠습니까! 그 누구도 인간을 지배할 권리를 가지고 있지 않습니다.

버지니아는 반려동물에게 깊은 애정과 관심을 지니고 있었습니다. 실제로 그가 첫 원고료를 받았을 때, 뛸 듯이 기뻐하며 페르시아 고양이를 입양했다고 합니다. 그는 이 소설을 쓸 때도, 개를 좋아하는 사람이 아닌 개가 되고 싶은 사람이 썼다고 표현했을 만큼 사람이 아닌 플러시의 관점에 초점을 맞췄습니다.

그래서인지 이 작품에는 반려견과 주인이 나누는 섬세하고 충직한 감정이 깊이 있게 표현되어 있습니다. 특히 우화 같은 인상을 주는 유머러스한 묘사가 많고 플러시의 심리가 내밀하고 세심하게 묘사되어 있습니다.

독자는 플러시의 감정을 마치 사람처럼 친밀하게 느낄 수 있는데, 이는 고전적인 소설의 관습에 도전한 '모던 픽션'의 특징이기도 합니다.

버지니아의 이러한 시도는 '말이 통하지 않는 동물과의 감정적 교류'가 무엇인지 생각하도록 합니다. 이 작품에서 우리는 인간과 동물 간의 관계를 탐구해 볼 수 있을 뿐만 아니라 동물이 종종 우리 삶의 일부라는 사실을 다시금 깨달을 수 있습니다.

버지니아의 작품을 통해 인간과 동물 사이를 연결해 보는 기회를 가져보세요. 동물의 시선을 빌려 인간 세계를 관찰한다면 독자는 『플러시』를 통해 버지니아가 선사하고자 했던 우리 세상의 관계에 대한 독특한 의미를 발견할 수도 있을 것입니다.

작품의 주제를 담고 있는 아래 문장을 읽고, 자기만의 방식으로 의역하거나
필사하면서 버지니아 울프의 문장을 마음에 새겨보세요.

sentence 114

> But when we ask what constitutes noble birth—should our
> eyes be light or dark, our ears curled or straight, are topknots
> fatal, our judges merely refer us to our coats of arms.

그러나 우리의 고귀한 출생이 무엇으로 결정되는지 물어본다
면, 그러니까 우리의 눈이 밝거나 어두워야 하는지, 귀가 구부
러져 있거나 곧게 펴져 있거나, 꼭대기 매듭이 치명적이어야
하냐고 묻는다면, 판사는 단지 우리를 문장(가문의 문양)으로 언
급할 뿐입니다. (출생이나 가문의 혈통이 중요한 요소로 여겨진다는 것을
의미)

....

....

....

....

....

....

남성과 여성이라는
분리를 넘어서

Orlando_올랜도

복숭아털 같은 솜털로 덮인 발그스레한 볼과 아몬드 빛의 희고 정교한 치아, 화살같이 팽팽하게 당겨진 코, 검은 머리칼, 볼록한 이마의 올랜도는 여성보다 더 아름다운 미모를 지닌 젊은 귀족입니다. 자연을 사랑하는 그는, 끊임없이 글쓰기를 해왔습니다.

그는 우연히 엘리자베스 여왕의 재무담당관이자 사무장으로 발탁됩니다. 올랜도는 만찬회장에서 여왕 엘리자베스 1세의 아름다움을 찬양하는 시를 낭송하였고, 여왕은 그에게 저택을 하사하며 영원히 죽지도 늙지도 말라는 말을 남깁니다.

Orlando naturally loved solitary places, vast views, and to feel himself for ever and ever and ever alone.

올랜도는 자연스럽게 고독한 장소, 광활한 경치, 영원 그리고 영원히 혼자 있는 자신을 느끼는 것을 좋아했습니다.

Green in nature is one thing, green in literature another. Nature and letters seem to have a natural antipathy; bring them together and they tear each other to pieces.

자연 속의 녹색과 문학 속의 녹색은 서로 다릅니다. 자연과 문학은 마치 자연스럽게 상반된 관계를 맺고 있는 것 같습니다. 그들은 함께할 때 파괴되어 버립니다.

For Orlando's taste was broad; he was no lover of garden flowers only; the wild and the weeds even had always a fascination for him.

올랜도의 취향은 폭넓었습니다. 그는 정원 꽃을 넘어, 야생의 잡초에도 매료되는 사람이었습니다.

No passion is stronger in the breast of a man than the desire to make others believe as he believes. Nothing so cuts at the root of his happiness and fills him with rage as the sense that another rates low what he prizes high.

우리의 가슴속에 자신의 믿음을 타인에게 전하고자 하는 욕망보다 강한 열정은 없습니다. 자신이 높이 평가하는 것을 타인이 낮게 평가한다는 감각만큼이나 사람의 행복의 뿌리를 자르고 분노로 가득 채우는 것은 없기 때문입니다.

어느덧 나이가 찬 올랜도는 대사로 활동합니다. 그는 아일랜드 데스몬드가 출신의 유프로시네와 혼인을 약속합니다. 그리고 그해, 영국에는 대한파가 들이닥칩니다. 서민들은 극도의 가난함에 허덕였지만, 런던의 궁정에서는 여전히 화려한 연회가 열렸습니다.

화려한 연회장에서 올랜도는 모스크바 대사의 일행 중 하나였던 러시아 공주 사샤와 사랑에 빠지죠. 둘은 사랑의 도피를 약속하지만 사샤는 끝까지 약속 장소에 나타나지 않았습니다. 게다가 대한파로 꽁꽁 얼어붙었던 하늘은 거대한 분수처럼 폭포 같은 비를 쏟아내기 시작합니다. 그는 사샤에게 배신당한 후, 파혼했다는 이유로 아일랜드의 미움을 사고 궁정에서는 추방당합니다.

The flower bloomed and faded. The sun rose and sank. The lover loved and went. And what the poets said in rhyme, the young translated into practice.

꽃이 피고 지고, 해가 뜨고 집니다. 연인은 사랑한 뒤 떠나버리며, 시인들의 시는 젊은이들의 실천으로 옮겨집니다. (시인들의 작품은 젊은 세대에 의해 구현됨을 의미)

Night had come—night that she loved of all times, night in which the reflections in the dark pool of the mind shine more clearly than by day.

밤이 왔습니다. 그녀가 항상 사랑했던 밤이 왔습니다. 마음의 어두운 웅덩이에 반사된 것이 낮보다 더 선명하게 빛나는 밤이었습니다.

He lay so still that by degrees the deer stopped nearer and the rooks wheeled round him and the swallows dipped and circled and the dragonflies shot past.

아주 조용하게 누워 있는 그에게로 사슴들이 더 가까이 다가오고, 까마귀 떼가 그의 주위를 빙빙 돌았으며, 제비는 물속으로 들어가 원을 그렸고, 잠자리들은 쏜살같이 지나갔습니다.

궁정에서 쫓겨난 올랜도는 7일 동안 깊은 잠에 빠집니다. 7일째 되는 날, 잠에서 깨어난 그는 고뇌를 토해내기라도 하듯 펜과 잉크를 들고 치열하게 글을 쓰기 시작합니다.

마침내 작품을 완성한 올랜도는 시인 닉 그린을 초청하여 교류하고 싶다는 뜻을 내비칩니다.

하지만 올랜도는 닉 그린 때문에 자신의 작품이 만천하에 조롱당하는 일을 겪습니다. 충격받은 올랜도는 양피지에 쓴 작품을 찢어버리며, 오늘부터는 자신을 즐겁게 만들기 위해 글을 쓸 거라고 선언합니다. 그리고는 자신에게 구애하는 자들을 피해 콘스탄티노플의 대사로 파견을 떠납니다.

콘스탄티노플에서 올랜도는 다시 잠에 빠집니다. 또다시 7일이 지나자 이번엔 그의 몸이 여자로 바뀝니다. 여자로 변한 올랜도는 얼마간은 집시들과 유랑하며 살아가지만, 결국 영국으로 돌아와 결혼합니다.

마지막으로 이 소설은 결혼한 올랜도가 아이를 낳고 작품을 출판하는 모습을 끝으로 마무리됩니다.

sentence 122

That we write, not with the fingers, but with the whole person. The nerve which controls the pen winds itself about every fiber of our being, threads the heart, pierces the liver.

우리는 손가락이 아니라 전신(全身)으로 씁니다. 펜을 제어하는 신경은 우리 몸의 모든 존재의 섬유를 감싸며, 심장을 관통하고 간을 꿰뚫습니다.

sentence 123

For once the disease of reading has laid upon the system it weakens so that it falls an easy prey to that other scourge which dwells in the ink pot and festers in the quill. The wretch takes to writing.

한 번 독서라는 질병이 체내에 들어가면, 몸의 체계를 약화하며, 다른 재앙에 손쉽게 빠지도록 만듭니다. 이 재앙은 잉크병에 머물며, 색색의 깃털에 긁습니다. 그리고 비참해진 사람들은 글을 쓰기 시작합니다. (독서와 글쓰기의 상호 연관성을 의미)

sentence 124

To put it in a nutshell, he was afflicted with a love of literature. It was the fatal nature of this disease to substitute a phantom for reality.

요약하자면, 올랜도는 문학에 대한 애정을 품고 있었습니다. 그가 가진 이 병의 치명적인 특성은 현실 대신 환상을 대입하는 것이었습니다.

sentence 125

And if we look for a moment at Orlando writing at her table, we must admit that never was there a woman more fitted for that calling.

그리고 한순간이라도 올랜도가 자신의 책상에서 글을 쓰는 모습을 보게 된다면, 우리는 그 소명에 이보다 더 적합한 여성은 없었다는 것을 인정하게 될 것입니다.

sentence 126

Change was incessant and change perhaps would never cease.

High battlements of thought, habits that had seemed as durable as stone, went down like shadows at the touch of another mind and left a naked sky and fresh stars twinkling in it.

변화는 끊임없이 일어나고 아마 절대 멈추지 않을 것입니다. 생각의 높은 성벽, 돌처럼 내구성 있어 보이는 습관들이 다른 사고에 닿으면 마치 그림자처럼 사라지고 벗겨져 드러난 곳에는 새로운 별들이 반짝이기 시작합니다. (변화는 끊임없는 흐름과 기존의 관념을 무너뜨리는 영감의 영향력의 원천임을 의미)

sentence 127

For what more terrifying revelation can there be than that it is the present moment? That we survive the shock at all is only possible because the past shelters us on one side and the future on another.

지금 이 순간보다 더 무서운 깨달음이 어디 있겠어요? 우리가 이 충격을 어떻게든 버텨내는 것은 과거가 우리를 한쪽에서 보호하고 미래가 다른 쪽에서 보호하기 때문에 가능한 것뿐입니다.

sentence 128

For it has come about, by the wise economy of nature, that

our modern spirit can almost dispense with language; the commonest expressions do, since no expressions do; hence, the most ordinary conversation is often the most poetic, and the most poetic is precisely that which cannot be written down. For which reasons we leave a great blank here, which must be taken to indicate that the space is filled to repletion.

자연의 지혜 덕분에 현대의 정신은 언어를 거의 사용하지 않을 정도로 발전했습니다. 흔한 표현은 가치가 없고, 가장 보통의 대화는 가장 시적이며, 가장 시적인 것은 바로 기록할 수 없는 것입니다. 이런 이유로 여기 큰 공백을 남깁니다. 이 공백은 공간이 가득 찼음을 나타내기 위해 사용되어야 합니다. (현대 사회에서 언어와 표현의 중요성이 줄어들었다는 것으로 현대사회의 표현의 한계를 묘사)

『올랜도』는 4장에서 소개할 『등대로』가 출간된 바로 다음 해에 발표된 작품입니다. 『등대로』를 완성한 이후 휴식을 만끽하며 재빠르게 써 내려간 이 작품은, 중독적이면서도 공격적인 위트를 구사하여 버지니아의 문체를 사랑하던 팬들을 충격에 빠트렸다고 합니다.

한편, 이 소설의 중심을 차지하는 '올랜도'는 사실 버지니아가 열렬히 사랑한 여성 작가 비타 색빌웨스트를 모델로 한 인물입니다.

버지니아는 비타와 가장 친밀했던 시기가 지나갈 무렵, 더 이상 연인으로 지낼 수 없다는 사실을 받아들이고 함께했던 시간을 기리기 위해 이 소설을 썼습니다. 이러한 이유로 비타의 아들 나이젤 니콜슨은 비타에게 헌정된 이 작품을 "문학사상 가장 길고 멋진 연애편지이다."라고 평가하기도 했습니다.

올랜도가 7일 동안 깊은 잠에 빠졌다가 여성으로 변하며 깨어나는 장면은 트랜스젠더를 마술적인 방식으로 사용하는 것처럼 보이기도 합니다. 그러나 해당 서사가 고통스러운 것은 다른 성별로 살길 원하는 간절한 소망을 독성 물질처럼 취급하는 사람들의 태도 때문이죠.

올랜도가 남녀 양쪽의 성별을 경험하며, 성별과 정체성의 관념을 탐구하는 과정은 자아 성립의 자유를 신비롭게 보여줍니다. 올랜도가 자신의 길을 찾고, 자기를 이해하며, 운명을 만들어 나가는 과정은 독자들에게 흥미롭게 다가갈 수 있습니다. 버지니아는 우리가 간절하게 소망하는 삶을 방해할 권리는 그 누구에게도 없다는 것을 이야기하고 싶었던 것이 아닐까요.

작품의 주제를 담고 있는 아래 문장을 읽고, 자기만의 방식으로 의역하거나
필사하면서 버지니아 울프의 문장을 마음에 새겨보세요.

sentence 129

The sound of the trumpets died away and Orlando stood stark
naked. No human being since the world began, has ever
looked more ravishing. His form combined in one the
strength of a man and a woman's grace.

트럼펫 소리가 사라지자 올랜도는 벌거벗은 채로 서 있었습니
다. 세상이 시작된 이래로 어떤 인간도 이보다 더 매혹적으로
보인 적이 없었습니다. 그의 모습은 남자의 강인함과 여자의
우아함을 하나로 합친 것처럼 보였습니다.

....

....

....

....

....

....

삶과 연극은 어떻게 다른가

Between the Acts_막간

1939년 6월 여름의 어느 하루, 작은 시골 마을의 포인츠 홀이라는 집에 사는 인물들은 그날 오후 공연되는 연극을 함께 보기로 합니다. 포인츠 홀의 주인인 바솔러뮤, 그의 여동생 스위딘 부인, 바솔러뮤의 아들 자일스와 며느리인 이자, 연극을 기획한 라 트롭 양, 우연히 포인츠 홀을 지나가다가 연극까지 함께 보게 되는 맨레사 부인까지 말이죠.

마을의 주민들은 연극 연출을 위한 연습을 합니다. 이들은 연극을 준비하는 과정에서 자기 내면을 돌아보고 변화하는 시골 마을의 계절을 이야기합니다. 주민들은 연극을 통해 예술과 사회, 시간과 공간, 연결되는 서로에게로 복잡하게 상호작용합니다.

그중에서도 연기자로서 연극에 참여하는 스위딘 부인은 연극을 준비하느라 바쁜 나날을 보냅니다. 반면, 그를 바라보는 오빠 바솔러뮤와 조카 자일스의 시선은 냉소적입니다. 여동생과 손자를 대하는 태도와 말투에서도 바솔러뮤의 강압적이고 권위적인 성격이 드러납니다. 같은 부모 밑에서 함께 자랐지만, 남성과 여성이라는 성별 차이로 다른 처우와 기회를 받으며 살아온 오빠와 여동생은 서로 다른 성격을 갖게 된 것입니다.

sentence 130

Books are the mirrors of the soul.

책은 영혼의 거울입니다.

sentence 131

Often on a wet day I begin counting up; what I've read and what I haven't read.

종종 비가 오는 날에 저는 제가 읽은 것과 읽지 않은 것을 세기 시작합니다.

sentence 132

Empty, empty, empty; silent, silent, silent. The room was a

shell, singing of what was before time was; a vase stood in the
heart of the house, alabaster, smooth, cold, holding the still,
distilled essence of emptiness, silence.

텅 비어 있고, 고요하고, 조용했습니다. 이 방은 시간이 시작되
기 전의 것을 노래하고 있는 껍질처럼 느껴지며, 집의 중심에
서 있는 백색의 꽃병은 부드럽고 차갑게 가득 찬 공허함과 고
요함의 정수를 담고 있었습니다.

sentence 133

But it was summer now. She had been waked by the birds.
How they sang! attacking the dawn like so many choir boys
attacking an iced cake.

하지만 지금은 여름이었습니다. 그는 새들에 의해 깨어났습니
다. 새들이 노래를 얼마나 부르는지! 마치 새벽을 공격하는 많
은 합창단의 소년들처럼 말입니다.

한편, 바솔러뮤의 아들 자일스와 자일스의 아내인 이자는 서
로 떨어져 생활하고 있었습니다. 자일스는 시내에서 주식 중개
일을 했고, 이자는 시아버지, 시고모와 함께 교외에 있는 집에
서 아이 둘을 기르며 살았습니다.

이들은 각자 다른 사람에게 연정을 품고 일탈을 꿈꾸지만, 경제력을 가진 남편 자일스와 달리 이자는 자유로움을 빼앗긴 채 집 안에 갇혀 무기력하게 살아가고 있었습니다.

가부장적인 가정 속에서 의욕 상실한 이자에게 새로운 사랑이란 허상일 뿐이었습니다. 컵과 라켓을 건네받으면 잠시나마 신사와 농부에게 마음을 빼앗기기도 하지만 그것은 그야말로 스치는 바람이었습니다. 이자에게는 실제로 다른 사람에게 다가가거나 새로운 사랑을 시작할 용기가 없었습니다.

sentence 134

For I hear music, they were saying. Music wakes us. Music makes us see the hidden, join the broken. Look and listen.

음악이 있기에 우리는 말을 할 수 있습니다. 음악은 우리를 깨우고, 숨겨진 것을 보게 하고, 부서진 것을 이어줍니다. 음악을 보고 들어보세요.

sentence 135

She had forbidden music. Grating her fingers in the bark, she damned the audience. Panic seized her. Blood seemed to pour from her shoes. This is death, death, death, she noted in the margin of her mind; when illusion fails. Unable to lift her hand, she stood facing the audience.

그는 음악을 금지하고 손가락으로 나무껍질을 긁으며 청중을 저주했습니다. 극심한 공포가 그를 붙잡았고, 신발에서는 피가 쏟아지는 것 같았죠. 이것은 죽음이었습니다. 그는 마음 한 구석에서 환상이 실패할 때라고 지적했습니다. 손을 들어 올릴 수 없었고, 청중을 향해 서 있었습니다.

sentence 136

The window was all sky without color. The house had lost its shelter. It was night before roads were made, or houses. It was the night that dwellers in caves had watched from some high place among rocks. Then the curtain rose.

창문으로는 색깔 없는 하늘이 보일 뿐입니다. 집은 보호를 잃고, 밤이 되어서야 도로나 집이 만들어집니다. 동굴에 사는 사람들은 바위 높은 곳에서 아래를 지켜봅니다. 이렇게 막이 오릅니다.

sentence 137

And then the shower fell, sudden, profuse. No one had seen the cloud coming. There it was, black, swollen, on top of them. Down it poured like all the people in the world weeping. Tears. Tears. Tears.

그리고 갑자기 소나기가 쏟아졌습니다. 아무도 구름이 오는 것을 보지 못했습니다. 그 위에 검고 부어오른 게 있었죠. 그리고 그것은 세상 모든 사람이 우는 것처럼 쏟아집니다. 눈물처럼요.

이자와는 달리 자유로운 인생을 사는 여성도 존재했습니다. 남자친구와 산책하다 우연히 포인츠 홀에 들른 맨레사 부인입니다. 그는 자신을 옥죄는 코르셋을 벗어버리고 본성에 충실하게 반응하며 살아왔습니다.

"왕초 행세"라고 불리며 연극을 총지휘하는 라 트롭 양 역시 주체적인 인생을 살아갑니다. 비록 타인에게 인정받지 못하고 스스로도 매번 실패한다고 생각하지만 나름대로의 성취를 이루었습니다.

라 트롭 양은 자신의 성취를 연극으로 증명합니다. 그의 연극에서는 연극과 막간이 이어지고 마지막 극은 현재, 우리 자신들의 모습을 보여줍니다. 이는 라 트롭 양의 신선하고 실험적인 시도였습니다.

연극이 이어지는 와중에 갑자기 소나기가 내립니다. 그렇게 자연도 우연히 그의 작품을 완성하는 데 하나의 역할을 합니다. 빗방울은 세상 모든 이들의 눈물이라는 의미를 갖게 됩니다.

마지막으로 소설은 새로 막이 오르고 이자와 자일스의 이야기가 다시 시작될 것이라는 사실을 암시하며 끝이 납니다.

sentence 138

When they were alone, they said nothing. They looked at the view; they looked at what they knew, to see if what they knew might perhaps be different today. Most days it was the same.

그들은 혼자 있을 때, 아무 말도 하지 않았습니다. 그들은 지금껏 알던 것들이 오늘은 다를 수도 있지 않을까 하며 풍경을 내다보았습니다. 대부분의 날은 똑같았습니다. (일상의 일관된 변함 없는 형태와 지루함을 강조)

sentence 139

But none speaks with a single voice. None with a voice free from the old vibrations. Always I hear corrupt murmurs; the chink of gold and metal. Mad music...

하지만 한가지 목소리로만 말하는 사람도, 오래된 진동에서 자유로운 목소리를 가진 사람도 없습니다. 나는 언제나 타락

한 중얼거림을, 금과 쇠가 갈라지는 소리를 듣습니다. 마치 화가 난 듯한 음악을요…….

sentence 140

She looked before she drank. Looking was part of drinking. Why waste sensation, she seemed to ask, why waste a single drop that can be pressed out of this ripe, this melting, this adorable world? Then she drank. And the air round her became threaded with sensation.

보는 것도 술의 일부였기 때문에, 그는 마시기 전에 술을 한 번 살펴봅니다. 그는 이 잘 익고, 녹아내리고, 사랑스러운 한 방울을 왜 낭비하는지에 대해 질문하는 것처럼 보입니다. 그는 술을 마셨고, 곧 그 주위의 공기는 감각으로 가득 찼습니다.

sentence 141

She tapped on the window with her embossed hairbrush. They were too far off to hear. The drone of the trees was in their ears; the chirp of birds; other incidents of garden life, inaudible, invisible to her in the bedroom, absorbed them.

그는 머리빗으로 창문을 두드렸습니다. 그들은 너무 멀리 떨어져 있어서 들을 수 없었습니다. 나무의 소리, 새들의 지저귐

이 그들의 귀를 사로잡았습니다.

sentence 142

One hand was deep stuck in her jacket pocket; the other held a foolscap sheet. She was reading what was written there. She had the look of a commander pacing his deck. The leaning graceful trees with black bracelets circling the silver bark were distant about a ship's length.

한 손은 그의 재킷 주머니에 깊숙이 박혀 있었고, 다른 한 손은 대형인쇄용지를 들고 있었습니다. 그는 거기에 쓰인 것을 읽고 있었고, 마치 사령관이 갑판을 서성이는 것처럼 보였습니다. 은빛 껍질 주위를 도는 검은 팔찌를 차고 기우뚱거리는 우아한 나무들은 배 한 척 정도의 거리를 두고 있었습니다.

sentence 143

How tempting, how very tempting, to let the view triumph; to reflect its ripple; to let their own minds ripple; to let outlines elongate and pitch over—so—with a sudden jerk.

이 경치는 무엇이든 승리할 수 있을 정도로 매력적이라는 생각이 들었습니다. 그 경치는 파도를 반영하고, 우리의 마음은 파도처럼 흔들리고, 물체의 윤곽이 길게 늘어나게 되고, 갑자

기 모든 것을 뒤집어 놓게 하는 것이었습니다. (자연 경치를 감상하고 영감을 받음을 묘사)

sentence 144

Love. Hate. Peace. Three emotions made the ply of human life.

사랑. 미움. 평화. 세 가지 감정이 인간의 삶을 움직이게 했습니다.

sentence 145

D'you think people change? Their clothes, of course... But I meant ourselves... Clearing out a cupboard, I found my father's old top hat... But ourselves—do we change?

사람들이 변할 수 있을까요? 옷은 물론 바뀌지만…… 우리 자신 말이에요……. 찬장을 정리하다 아버지의 옛 모자를 발견했습니다……. 우리 자신, 우리는 변할 수 있을까요?

1941년, 『막간』을 완성한 버지니아는 우즈강의 둑으로 산책하러 나갔다가 20일 뒤에 시신으로 발견됩니다. 오랫동안 집중한 상태에 머물러 있다가, 갑자기 해방된 데서 오는 허탈감과 재차 신경 발작과 환청이 올 것에 대한 공포 등이 자살의 원인으로 추측된다고 합니다.

버지니아의 유작이 된 이 작품은 설명 없이 대화로만 구성되어 있으며 상징적이고 단절적으로 이야기가 진행되어 이해하기 쉽지 않습니다.

하지만 이 작품은 연극이 인간 삶을 어떻게 반영하며, 예술이 현실과 어떻게 상호작용하는지를 보여줍니다. 복잡한 내용과 다층적인 주제가 특징적이라고 할 수 있습니다.

마을 사람들이 배역을 맡아 진행하는 작품 속의 연극은 영국의 탄생과 성장, 그리고 영국의 생활상을 보여주는 콩트와 비슷하다는 점에서 의미가 있습니다. 더불어 난해한 연극을 보고 인물들이 하는 생각 역시 작품을 다채롭게 만듭니다. 하나의 연극이 공연되고 막간, 반 시간 정도의 쉬는 시간이 주어지는데, 이때 연극의 내용과 청중의 반응을 살피는 것이 독자에게는 또 하나의 이야기가 됩니다.

버지니아는 연극을 현실과 가상, 과거와 현재, 인간의 본성을 반영하는 방법으로 사용했습니다. 독자가 액자극 속에 녹아들어 복잡한 연극 속 어떤 생각을 하길 바랐을까요?

버지니아가 의도한 것은 어쩌면 어떤 생각이든 정답일 것이라는 사실일 수도 있겠습니다. 액자극 속에 들어가 끝없는 상상과 자유로운 감상을 떠올려 보세요.

✒ 내 문장 속 버지니아

작품의 주제를 담고 있는 아래 문장을 읽고, 자기만의 방식으로 의역하거나
필사하면서 버지니아 울프의 문장을 마음에 새겨보세요.

sentence 146

Suppose the looking glass smashes, the image disappears, and
the romantic figure with the green of forest depths all about it
is there no longer, but only that shell of a person which is seen
by other people—what an airless, shallow, bald, prominent
world it becomes!

거울이 깨지고, 이미지가 사라지고, 숲속 깊이의 녹색을 가진
낭만적인 모습이 더 이상 존재하지 않고, 다른 사람들에 의해
보이는 그 사람의 껍질만 남는다고 가정해 보세요. 그러면 그곳
은 얼마나 답답하고 천박하며, 황폐하게 벗겨졌으며, 눈에 띄는
세상이 되는지요!

....

....

....

....

....

....

Part.4

그래도 삶은
이어진다

4장의 세 작품에선 내면에 중점을 두며, 자아의 발전을 거듭하는 버지니아를 만날 수 있습니다. 버지니아는 순간과 일상의 변화를 통해 시간의 흐름을 정립하고, 전통적인 서사 구조를 뛰어넘는 실험적인 글쓰기를 펼칩니다. 매일 다른 하루가 펼쳐지며 삶이 이어진다는 진리를 마지막까지 다다른 독자라면 깨우칠 수 있을 것입니다.

내면의 흐름에 따른 스토리 미학

To the Lighthouse_등대로

아름다운 여름날, 헤브리디스 군도의 작은 별장에 램지 가족과 손님들이 모였습니다. 그들은 막내 제임스가 바라는 대로 외딴섬에 있는 등대를 찾아가기로 합니다. 하지만 궂은 날씨와 아버지인 램지의 비협조적인 태도 때문에 등대에 가는 일은 무산됩니다.

램지는 죽어가는 고등어를 발로 짓이기며, "우리는 모두 외롭게 죽어간다."라고 읊조리는 괴팍하고 이중적인 사람이었습니다. 제임스에게 희망적인 대답을 들려주던 어머니 램지 부인과는 달리, 그는 현실적인 이유를 들어 아들을 낙담시키곤 했습니다.

제임스와 손님들은 섬에 가지 못하게 되자 실망하고, 램지 부인은 그들을 다독입니다. 이처럼 재능이 있으나 성정이 불안정한 남편 램지를 한결같이 보살피고 내조하는 전형적인 빅토리아 시대 여성이었던 램지 부인은, 단절되고 분열된 사람들을 화합하는 역할을 했습니다.

sentence 147

If Shakespeare had never existed, he asked, would the world have differed much from what it is today? Does the progress of civilization depend upon great men? Is the lot of the average human being better now that in the time of the Pharaohs?

셰익스피어가 존재하지 않았다면 세상은 오늘날과 많이 달라졌을까요? 문명의 진보는 위대한 사람들에게 달려 있는가요? 사람들의 처지는 파라오 시대보다 지금 더 나아졌나요?

sentence 148

They came to her, naturally, since she was a woman, all day long with this and that; one wanting this, another that; the children were growing up; she often felt she was nothing but a sponge sopped full of human emotions.

램지 부인이 여자라는 이유로 가족들은 온종일 이것저것을 원한다며 다가왔습니다. 아이들은 자라고 있었고, 누군가는 이

것을, 또 다른 아이는 저것을 원했습니다. 램지 부인은 종종 자신이 감정으로 가득 찬 스펀지에 불과하다고 느꼈습니다.

No, she thought, one could say nothing to nobody. The urgency of the moment always missed its mark. Words fluttered sideways and struck the object inches too low.

아니요, 그는 누구에게도 말할 수 없었습니다. 그 순간의 긴박함은 항상 목표를 놓치고 말았습니다. 말들은 옆으로 나부끼면서 물체에 제대로 닿지 못하고, 몇 인치나 낮게 내리쳤습니다. (말로 표현하기 어려운 순간과 감정을 묘사)

She took a look at life, for she had a clear sense of it there, something real, something private, which she shared neither with her children nor with her husband. A sort of transaction went on between them, in which she was on one side, and life was on another, and she was always trying to get the better of it, as it was of her and sometimes they parleyed (when she sat alone); there were, she remembered, great reconciliation scenes; but for the most part, oddly enough, she must admit that she felt this thing that she called life terrible, hostile, and quick to pounce on you if you gave it a chance.

삶에 대한 명확한 감각을 가졌던 램지 부인은 자신의 삶을 돌아봤습니다. 그것은 그가 아이들이나 남편과도 공유하지 않았던, 현실적이고 사적인 무엇이었습니다. 그와 삶은 반대에 자리 잡고 있었기에, 항상 삶을 이기려고 노력했습니다. 삶 역시 그를 이기려고 빠르게 습격하는 듯했습니다. 종종 삶과 그는 (그가 혼자 앉아 있을 때) 협상을 벌이기도, 화해하기도 했습니다. 그러나 이상하게도 대부분의 경우, 그는 삶이라는 것이 끔찍하고, 적대적이며, 기회가 주어질 때마다 재빨리 달려드는 것이라고 느꼈습니다. (램지 부인에게 가해지는 삶의 위협들을 의미)

그러나 정작 램지 부인 자신은 자기 행동이 이기적이지는 않은지 돌아보며 감정적인 피로에 시달립니다. 자신에게만 의지하는 아이들과 불안정하고 난폭한 남편 사이를 오가며 살얼음판 같은 생활에 지친 램지 부인은 가족들과 함께 있어도 늘 답답하고 외로웠습니다.

그로부터 10년이 흐르고, 많은 것이 변했습니다. 제1차 세계대전이 발발한 10년 동안 가족의 희망이던 램지 부인을 비롯한 몇몇 가족이 죽고, 별장은 황폐해졌습니다.
변화를 맞이한 램지는 등대에 가려고 가족을 찾아옵니다. 전쟁에서 살아남은 가족들 역시 등대에 방문하기 위하여 집으로 모입니다. 처음 그들이 모였을 때만 하더라도 그들은 서로 사이가 좋지 않았습니다.

하지만 성숙해진 아이들은 어린 시절, 매일 날씨에 대해 불평만 하던 아버지에게서 평범한 노인의 모습을 발견합니다. 그리고 그들은 램지를 이해하기로 하죠. 그러자 언제나 고집불통처럼 보였던 램지도 칭찬을 건네며 아이들에게 다가갑니다.

sentence 151

About here, she thought, dabbling her fingers in the water, a ship had sunk, and she muttered, dreamily half asleep, how we perished, each alone.

그는 손가락을 물에 담그며 이 근처에서 배가 침몰한 것 같다고 생각했고, 꿈결처럼 반쯤 잠든 채로 우리가 모두 어떻게 죽게 되는지에 대해 중얼거렸습니다.

sentence 152

The sigh of all the seas breaking in measure round the isles soothed them; the night wrapped them; nothing broke their sleep, until the birds beginning and the dawn weaving their thin voices into its whiteness.

섬을 둘러싸고 있는 모든 바다의 한숨 소리가 그들을 달랬습니다. 밤이 그들을 감쌌습니다. 새들이 노래를 시작하고 새벽이 그들의 가느다란 목소리를 하얗게 엮을 때까지, 잠을 깨운 것은 아무것도 없었습니다.

Children never forget. For this reason, it was so important what one said, and what one did, and it was a relief when they went to bed.

아이들은 절대 잊지 않습니다. 이러한 이유로 한 사람의 말과 행동이 정말 중요하기 때문에, 아이들이 잠자리에 들었을 때면 안도감을 느낍니다.

이윽고 램지가 그의 아들인 캠, 제임스와 함께 등대로 향합니다. 등대로 향하는 길에서도 많은 것이 바뀐 모습을 발견할 수 있었습니다. 램지는 자신이 정신적으로 최종단계까지 성장하지 못했지만, 누군가는 그 단계에 도달할 것이라고 생각하며 마음의 문을 열게 됩니다. 그가 따뜻한 눈길로 사람들을 바라볼 수 있게 된 것입니다.

제임스는 배를 안전하게 이끌고 폭풍우를 무사히 지나 등대에 도착합니다. 그 덕분에 아버지 램지에게 처음으로 칭찬을 받고 가슴속 응어리를 풀어냅니다.

한편, 별장에 모였으나 등대에 가지 못했던 손님 중 하나인 릴리는 자신의 그림이 구석에 처박혀 존재조차 인식되지 못할까 봐 걱정했습니다. 하지만 이제 릴리도 다른 사람들처럼 변화를 맞이합니다. 자신의 그림이 어디에 걸려도 상관없다고 생각하며 힘차게 선을 그어 그림을 완성합니다. 릴리의 발전된 모습을 마지막으로 이야기는 끝이 납니다.

sentence 154

So fine was the morning except for a streak of wind here and there that the sea and sky looked all one fabric, as if sails were stuck high up in the sky, or the clouds had dropped down into the sea.

아침은 여기저기에서 불고 있는 한 줄기의 바람을 제외하고는 매우 맑았기 때문에 바다와 하늘이 마치 하나의 직물처럼 보였습니다. 돛이 하늘 높이 꽂히거나 구름이 바다로 떨어지는 것처럼 보입니다.

She had known happiness, exquisite happiness, intense happiness, and it silvered the rough waves a little more brightly, as daylight faded, and the blue went out of the sea and it rolled in waves of pure lemon which curved and swelled and broke upon the beach and the ecstasy burst in her eyes and waves of pure delight raced over the floor of her mind and she felt, it is enough! It is enough!

그녀는 행복을 느꼈습니다. 아주 강렬했던 행복은 햇빛이 사라짐에 따라 거친 파도를 조금 더 밝은 은빛으로 비췄고, 레몬 빛 파도가 곡선을 그리며 해변에 밀려왔고, 그의 눈에서 황홀함이 터져 나와 순수한 기쁨의 파도가 그녀의 마음을 뒤흔들었습니다. 그녀는 이것으로 충분하다고 느꼈습니다.

One wanted, she thought, dipping her brush deliberately, to be on a level with ordinary experience, to feel simply that's a chair, that's a table, and yet at the same time, It's a miracle, it's an ecstasy.

그는 고의적으로 붓을 담그며, 평범해지고 싶다고 생각했습니다. 단순한 의자와 탁자를 느끼고 싶으면서도 동시에 이 순간이 기적이고 황홀한 순간이기를 바랐습니다.

...she took her hand and raised her brush. For a moment it stayed trembling in a painful but exciting ecstasy in the air. Where to begin? That was the question at what point to make the first mark? One line placed on the canvas committed her to innumerable risks, to frequent and irrevocable decisions.

릴리는 붓을 들어 올렸습니다. 붓은 잠시 공중에서 고통스러우면서도 황홀한 떨림 속에 떠올랐습니다. 어디서부터 시작할지요? 첫 번째 표시를 어디에 해야 하는지 질문합니다. 종이 위에 하나의 선을 그리는 것은 무수히 많은 위험과 자주적인 결정을 내리기로 한 것을 의미하며, 되돌릴 수 없는 결정을 의미하기도 했습니다.

What is the meaning of life? That was all—a simple question; one that tended to close in on one with years, the great revelation had never come. The great revelation perhaps never did come. Instead, there were little daily miracles, illuminations, matches struck unexpectedly in the dark; here was one.

인생의 의미는 무엇일까요? 이것은 단순한 질문입니다. 몇 년이 지나도록 하나에 가까워지는 이 질문에, 위대한 깨달음은 절대 오지 않았습니다. 위대한 깨달음은 아마 오지 않을 것입니다. 대신, 일상의 작은 기적, 깨달음, 어둠 속에서 일어난 불꽃이 있을 것입니다. 이것 또한 하나의 깨달음입니다.

sentence 159

For now, she need not think of anybody. She could be herself, by herself. And that was what now she often felt the need of— to think; well not even to think. To be silent; to be alone. All the being and the doing, expansive, glittering, vocal, evaporated; and one shrunk, with a sense of solemnity, to being oneself, a wedge-shaped core of darkness, something invisible to others.

이제, 릴리는 누구에 대해서도 생각할 필요가 없습니다. 그는 지금껏 원했던 것처럼, 드디어 그 자신이 될 수 있습니다. 침묵하고 홀로 있을 수 있습니다. 모든 행동과 존재, 확장되고 빛나고 말로 표현되던 것들은 증발했고, 신성함을 느끼면서 단지 자신이 되었습니다. 이는 다른 이들에게는 보이지 않는 어둠의 삼각형 모양 핵과 같았습니다.

And all the lives we ever lived and all the lives to be are full of trees and changing leaves.

그리고 우리가 살아온 모든 삶과 앞으로의 모든 삶은 나무와 변화하는 나뭇잎들로 가득합니다.

『등대로』는 세 부로 구성된 소설입니다. 일반적인 이야기에서의 연속성과는 달리, 각 부분이 서로 연계되지 않고 깊은 간극을 보입니다.

1부와 3부는 10년이라는 시간 차이가 있으며, 2부에서는 램지 가족과 손님들이 별장을 떠나고 10년의 세월이 흐르는 것을 영화의 몽타주처럼 묘사하죠. 또한, 1부는 램지 부인을 중심으로, 2부는 시간의 흐름을 중심으로, 3부는 릴리의 의식을 중심으로 전개됩니다.

버지니아는 램지 부인과 릴리의 상반된 모습을 통해 새로운 여성의 삶을 제시합니다. 램지와 램지 부인은 버지니아가 자기 부모를 떠올린 인물들이었습니다. 램지 부부에 대해 쓰며 부모를 이해하고 그들을 대면하고자 한 것입니다. 그리고 마침내 강박에서 벗어나 작품을 완성한 릴리는, 부모의 영향력에서 벗어나고자 하는 버지니아의 의지를 대변하는 인물입니다.

특히, 버지니아에게 있어 어머니의 영향력에서 벗어나는 것은 두 가지 의미가 있었습니다. 첫째, 전문 작가로서 기존과는 분명히 다른 여성적인 삶을 사는 것입니다. 둘째, 전통적인 소설 양식과 구분되는 새로운 글을 쓰는 것이었습니다.

버지니아는 예술의 영역인 그림을 작품 안에서 활용해 자신만의 미학을 보여주었으며, 그 속에는 예술에 대한 그의 새로운 정의가 포함되어 있습니다. 하지만, 더 흥미로운 특징은 이 작품을 새로운 여성성에 대한 신념이나 새로운 미학을 전달하는 도구로만 사용하지 않았다는 점입니다.

즉, 버지니아는 현실에 대해 묘사해 온 예술의 오랜 전통을 거부하고 상징적이면서 추상적인 예술을 제시했지만, 어느 미학의 우월성을 주장하거나 둘 중 하나를 틀렸다고 평가하지 않았다는 것입니다.

『등대로』의 결말에서 제임스가 등대에 도착하며 모든 것이 단순한 한 가지 의미만을 갖지 않는다는 사실을 깨달은 것처럼 말입니다.

버지니아는 제임스의 복잡한 가족관계와 어린 시절의 추억을 통해 현재의 제임스가 어떻게 삶과 기억을 형성하고 변화시켰는지를 보여줍니다.

즉, 작품을 통해 시간의 흐름과 기억의 복잡성에 관해 독자들과 함께 고찰하는 것이죠. 결국에는 '등대'에 도달하며 제임스가 얻은 교훈은 우리의 인생에서도 다르지 않습니다.

독자들의 삶에서 '등대'는 어떤 의미를 가질까요. 우리의 '등대'로 향하는 과정에서 제임스의 말을 떠올리며 자신만의 깨달음을 찾을 수 있기를 바랍니다.

'등대'를 통한 변화와 성장의 이야기를 통해 버지니아는 독자로 하여금 인생의 의미를 찾는 과정을 응원하는 것이었을지도 모르겠습니다.

✒ 내 문장 속 버지니아

작품의 주제를 담고 있는 아래 문장을 읽고, 자기만의 방식으로 의역하거나
필사하면서 버지니아 울프의 문장을 마음에 새겨보세요.

sentence 161

for it was not knowledge but unity that she desired, not in-
scriptions on tablets, nothing that could be written in any
language known to men, but intimacy itself, which is know-
ledge.

그녀가 원하는 것은 지식이 아니라 단결이며, 명판에 새겨진
글이나 어떤 언어로든 쓸 수 있는 것이 아니라, 지식 그 자체가
아닌 사람 간의 깊은 친밀함입니다.

....

....

....

....

....

영혼의 움직임을
가만히 보고 있으면

The Waves_파도

　여섯 아이 버나드, 루이스, 네빌, 수잔, 지니, 로우다는 정원에 모여 놀고 있었습니다. 그들에게 시간은 떨어지는 방울과도 같습니다. 오목한 방울 안에서 아이들은 학교에 가고 생활하며 성장합니다.

　아이 중 누군가는 구속되는 것이 싫어 한 사람만 사랑하지는 않을 거라며 결혼을 상상하고, 누군가는 글을 쓰겠다고 다짐합니다. 그리고 버나드는 약혼하고 인도로 가게 되죠. 그는 친구들의 모습을 마음속에 그리며 그렇게 스물다섯 살을 맞이합니다.

　돌에 새긴 조각 같은 루이스와 면도칼같이 정확한 네빌, 눈이 수정 같은 수잔, 마른 대지 위에서 뜨거운 불꽃처럼 춤을 추는 지니, 물의 요정 같은 로우다의 모습이 그려집니다.

그러던 어느 날, 아이들은 예상치 못한 친구의 죽음을 맞게 됩니다. 모두에게 사랑받았던 친구, 퍼시벌이 낙마로 사망했다는 전보를 받습니다. 그들의 머릿속에 번쩍하고 빛나는 나무들과 하얀 손잡이가 소나기처럼 튀어 오르는 이미지가 그려집니다. 그리고 가까웠던 친구의 죽음은 친구들에게 청춘을 상실한 기분이 들게 합니다.

sentence 162

There was a star riding through clouds one night, & I said to the star, 'Consume me.'

어느 날 밤, 구름을 헤치고 별 하나가 지나가고 있었어요. 나는 그 별에게 나를 "소멸시켜 줘."라고 말했어요.

sentence 163

Alone, I often fall down into nothingness. I must push my foot stealthily lest I should fall off the edge of the world into nothingness. I have to bang my head against some hard door to call myself back to the body.

저는 혼자 종종 허무에 빠집니다. 아무것도 아닌 곳으로 떨어지지 않도록 조심스럽게 발을 내디뎌야 합니다. 몸으로 돌아오고 싶다면 어떤 단단한 문에 머리를 부딪혀야만 합니다.

For this moment, this one moment, we are together. I press you to me. Come, pain, feed on me. Bury your fangs in my flesh. Tear me asunder. I sob, I sob.

지금, 이 순간, 이 순간에 우리는 함께합니다. 나는 당신에게 고통스럽게 와 나를 먹고, 내 살에 송곳니를 꽂아 갈기갈기 찢어 보라고 강요합니다. 나는 흐느껴 울고 또 웁니다.

We are cut, we are fallen. We are become part of that unfeeling universe that sleeps when we are at our quickest and burns red when we lie asleep.

우리는 무감한 우주의 일부가 되어버렸습니다. 우리가 가장 활기찰 때 우주는 잠들고, 우리가 잠을 잘 때면 불같이 타버리고 맙니다.

이제 중년이 된 아이들은 늘 만나던 햄프턴 궁전에 모입니다. 각자 인생의 짐을 지고 있는 그들은 한탄을 늘어놓습니다.

무언가 하나의 세계일지도 모르는 것을 파괴했다고, 우리는 숨을 쉬지 않는다고, 정열이 식어버려 기념할 것이 아무것도 남아 있지 않다고 말합니다. 하지만 결국에는 그런데도 해야 한다는 말을 믿으며 살아갑니다.

그들 중, 버나드는 과거 울고 있던 친구 수잔을 따라가 달래주었을 만큼 마음이 넉넉한 소년이었습니다. 그는 중년으로 자라는 동안 작가를 꿈꾸다 결혼하여 생활비를 걱정하는 가장이 되었습니다. 그리고 이제 중년이 되어 아프리카로 가는 배에서 만난 적 있었던 것 같은 사람에게 자신의 인생과 친구들의 인생을 이야기하기 시작합니다.

포도송이에 달린 포도알처럼 익어버린 인생을 이야기하며 "인생은 정말 좋은 것이다!"라고 외칩니다. 그러다가도 인생은 비열한 수단을 휘두르는 역겨운 것이라고 말하기도 합니다.

하지만 결국에는 그렇더라도 살아가야 하는 것이 인생이라며 그러한 의미에서 인생이란 어떤 종류의 재생이라고 하죠.

sentence 166

Yet there are moments when the walls of the mind grow thin; when nothing is unabsorbed, and I could fancy that we might blow so vast a bubble that the sun might set and rise in it and we might take the blue of midday and the black of midnight and be cast off and escape from here and now.

하지만 마음의 벽이 얇아지는 순간이 있습니다. 아무것도 배제되지 않는 순간이며, 우리가 아주 큰 거품을 불어낼 수 있다고 상상할 수 있을 때, 해가 그 안에서 지고 떠오르고, 우리는 정오의 푸른색과 자정의 검은색을 삼켜버릴 수 있으며, 이곳과 지금에서 벗어날 수 있고 이탈할 수 있을 것 같습니다. (현실에서 벗어난 자유로움에 대한 무한한 열망을 의미)

sentence 167

I have made up thousands of stories; I have filled innumerable notebooks with phrases to be used when I have found the true story, the one story to which all these phrases refer. But I have never yet found the story. And I begin to ask, Are there stories?

나는 수천 개의 이야기를 만들었고, 무수히 많은 노트에 이용할 문구를 적어왔지만, 아직 진정한 이야기는 발견하지 못했습니다. 이제 나는 '진짜 이야기는 존재하는 걸까?'라는 의문을 품기 시작합니다.

Happiness is in the quiet, ordinary things. A table, a chair, a book with a paper-knife stuck between the pages. And the petal falling from the rose, and the light flickering as we sit silent.

행복은 조용하고 평범한 것에 있습니다. 책상, 의자, 종이칼이 꽂힌 책, 그리고 장미에서 떨어지는 꽃잎과 우리가 조용히 앉아 있을 때 빛의 깜박거림이에요.

What I say is perpetually contradicted. Each time the door opens I am interrupted. I am not yet twenty-one. I am to be broken. I am to be derided all my life. I am to be cast up and down among these men and women, with their twitching faces, with their lying tongues, like a cork on a rough sea. Like a ribbon of weed I am flung far every time the door opens. I am the foam that sweeps and fills the uttermost rims of the rocks with whiteness; I am also a girl, here in this room.

내가 하는 말은 영원히 모순됩니다. 문이 열릴 때마다 나는 방해를 받습니다. 나는 아직 스물한 살밖에 되지 않았습니다. 나는 실룩거리는 얼굴과 거짓말하는 혀를 가진 사람들에 의해 망가지고 조롱당할 것 같습니다. 나는 문이 열릴 때마다 튀어 나가는 바다 거품이고, 바위의 가장 끝자락을 하얗게 쓸고 채 우는 거품입니다. 나는 이 방에 있는 소녀이기도 합니다.

태양이 어둠에 잠기는 시간의 흐름처럼, 서서히 떠올라 찬란 하게 빛나다 빛이 길게 드리우는 오후를 거쳐, 끝내 일그러지 고 마는 것이 바로 인간의 삶이었습니다. 태양의 흐름에 순응 하듯 버나드 역시 죽음이라는 마지막에 닿게 됩니다.

하지만 일식 이후 햇빛이 세계에 돌아오는 것처럼 버나드의 죽음 이후에도 내일의 태양이 솟아오르고, 파도의 흐름은 지속 됩니다.

하나의 존재가 죽음을 맞더라도 인류 전체의 삶은 이어지니 까요.

sentence 170

How much better is silence; the coffee cup, the table. How much better to sit by myself like the solitary seabird that opens its wings on the stake. Let me sit here forever with bare things, this coffee cup, this knife, this fork, things in them-selves, myself being myself.

침묵은 얼마나 좋은 것인가요! 커피잔, 테이블. 말뚝 위에서 날개를 펴는 외로운 바닷새처럼 혼자 앉아 있는 것이 얼마나 좋은 일인가요. 이 커피잔, 나이프, 포크, 그 안에 있는 것들, 내가 나인 채로 영원히 여기 앉아 있게 해주세요. (외부의 소음과 혼란에서 벗어나 단순함 속에서 자신을 깨닫고 평온과 안정을 찾는 순간을 의미)

sentence 171

I see nothing. We may sink and settle on the waves. The sea will drum in my ears. The white petals will be darkened with sea water. They will float for a moment and then sink. Rolling over the waves will shoulder me under. Everything falls in a tremendous shower, dissolving me.

아무것도 보이지 않습니다. 우리는 파도에 의해 가라앉고 안정될 것입니다. 바다는 제 귀를 울릴 것이고, 하얀 꽃잎은 바닷물에 의해 어두워질 것입니다. 모든 것은 잠시 떠 있다가 가라앉을 것입니다. 파도 위에서 흐르는 것들은 나를 어깨로 받칠 것입니다. 엄청난 소나기 속에 떨어지는 모든 것들은 나를 해산시킬 것입니다.

sentence 172

When I cannot see words curling like rings of smoke round me I am in darkness—I am nothing.

단어가 동그란 고리 모양의 연기처럼 빙빙 도는 것을 볼 수 없을 때, 나는 어둠 속에 있습니다. 나는 아무것도 아닙니다.

sentence 173

I need silence, and to be alone and to go out, and to save one hour to consider what has happened to my world, what death has done to my world.

나는 침묵이 필요합니다. 혼자 지내고, 외출하고, 한 시간이라도 아껴서 세상에 무슨 일이 일어났는지, 죽음이 제 세상에 무슨 일이 일어났는지 생각해 볼 필요가 있습니다.

sentence 174

And in me too the wave rises. It swells; it arches its back. I am aware once more of a new desire, something rising beneath me like the proud horse whose rider first spurs and then pulls him back. What enemy do we now perceive advancing against us, you whom I ride now, as we stand pawing this stretch of pavement? It is death. Death is the enemy. It is death against whom I ride with my spear couched and my hair flying back like a young man's, like Percival's, when he galloped in India. I strike spurs into my horse. Against you I will fling myself, unvanquished and unyielding, O Death!

그리고 내 안에서도 파도가 일어나죠. 그것은 부풀어 오르고, 등을 구부립니다. 나는 새로운 욕망을 다시 한번 깨달았습니다. 마치 말을 탄 사람이 먼저 박차를 가하고 그를 뒤로 당기는 자랑스러운 말처럼 내 아래에서 솟아오르는 것입니다. 당신은 지금 어떤 적이 우리를 향해 진격하고 있다고 생각하나요? 여러분, 우리가 이 포장도로를 발로 밟는 동안 말입니다. 그것은 죽음입니다. 죽음은 적입니다. 그것은 내가 내 창을 구부리고 내 머리카락을 퍼시벌처럼 뒤로 날리며 인도에서 질주할 때의 죽음입니다. 나는 말에 박차를 가합니다. 죽음이여, 내가 신에게 굴복하지 않고 몸을 던지겠습니다. (죽음이라는 불가피한 적에 굴하지 않겠다는 결연한 용기와 의지를 상징)

sentence 175

I am made and remade continually. Different people draw different words from me.

저는 끊임없이 계속 만들어집니다. 사람들은 저로부터 다른 단어를 그려냅니다.

sentence 176

I begin to long for some little language such as lovers use, broken words, inarticulate words, like the shuffling of feet on pavement.

저는 연인들이 사용하는 것처럼 작은 언어가 그리워지기 시작합니다. 부서진 말, 깨진 단어, 어눌한 단어, 포장도로에서 발을 동동 구르는 것과 같은 작은 언어와 같은 말들을요.

Now begins to rise in me the familiar rhythm; words that have lain dormant now lift, now toss their crests, and fall and rise, and falls again. I am a poet, yes. Surely, I am a great poet.

이제 익숙한 리듬이 내 안에서 떠오르기 시작합니다. 잠자고 있던 말들이 이제는 들리고, 이제는 벗을 던지고, 떨어지고, 다시 떨어집니다. 네, 저는 시인입니다. 물론, 저는 훌륭한 시인입니다.

『등대로』와 함께 버지니아 소설 미학의 절정으로 평가받는 『파도』는 인생의 덧없음을 표현하기 위해 하루의 시간을 이용했습니다. 새벽과 황혼으로 하루를 구분하는 파도의 움직임은 한순간에 머물지 않고, 한 인물의 성장과 노쇠 그리고 죽음까지 모두를 묘사할 수 있습니다.

이 작품은 산문이면서도 운문 같은 형식을 보여줍니다. 소설 속 여섯 인물의 감정은 연극적 독백으로 표현되고, 글의 흐름

사이 시적 간주가 끼어들어 하늘을 가로지르는 해의 움직임과 파도의 리듬을 전하기 때문입니다.

『파도』에는 '의식의 흐름' 기법이 새로운 방식으로 표현되어 있습니다. 화법으로 전하는 단순한 서술이 아니라, 자연물과 같은 비인격적인 요소와 내면세계 간의 관계로 의미를 표현하는 접근법입니다.

이러한 방식으로 이 작품에서는 어떠한 사건의 과정보다는 삶의 지속을 보여주기 위해 여섯 명의 어린 시절부터 중년까지의 모습을 추적합니다.

여섯 명의 주요 인물의 내면세계를 중심으로 이야기가 전개됩니다. 인물들은 각각의 실체로서 자기 생각을 말하지만, 대화는 거의 하지 않습니다. 그들은 자신의 감정, 경험, 사상 그리고 시간과의 관계를 통해 자신의 심리적 복잡성과 내면세계를 탐구합니다.

그러나 삶의 어느 시점에서 동시에 여섯 명의 이야기를 듣고 서로 다른 지점에서 다시 만나게 됨으로써 하나로 묶이기도 합니다.

버지니아는 『파도』를 통해 말이나 행동이라고 이름 붙일 수 없는 어떤 힘을 이야기하고 싶었던 것이 아닐까요. 명확히 설명되지 않는 어떤 강력한 힘으로, 우리가 다른 사람들과 관계를 맺고 공동체가 되어 살아간다는 사실을 독자들에게 상기시키기 위해서요.

인간의 존재와 심리에 대해 깊은 고찰을 제시하는 버지니아의 글을 통해 독자들은 자신을 중심으로 한 세계를 돌아볼 수 있을지도 모릅니다.

🖋 내 문장 속 버지니아

작품의 주제를 담고 있는 아래 문장을 읽고, 자기만의 방식으로 의역하거나
필사하면서 버지니아 울프의 문장을 마음에 새겨보세요.

sentence 178

Let me pull myself out of these waters. But they heap them-
selves on me; they sweep me between their great shoulders; I
am turned; I am tumbled; I am stretched, among these long
lights, these long waves, these endless paths, with people pur-
suing, pursuing.

나는 스스로를 이 물에서 끌어올릴 것입니다. 하지만 그들은
나에게 몰려와 나를 그들의 큰 어깨 사이로 데려가 버립니다.
나는 돌아가고 있고, 뒤집히고 있으며, 펼쳐지고 있습니다. 이
긴 빛과 이 긴 파도, 이 끝없는 길들 사이에서, 사람들은 추구
하고, 계속 추구합니다.

....

....

....

....

....

....

생의 유한함과 영속성
사이에서

The Years_세월

1880년, 애버콘 테라스 저택에 사는 아벨 파지터 가족의 모습을 보여주며 소설은 시작됩니다. 이 가족에게서는 어딘가 가라앉은 분위기가 풍겼는데, 이는 어머니가 병석에 오래 누워 있었기 때문이었습니다.

게다가 가부장적인 아버지 아벨 대령의 냉담한 태도를 보며 자란 엘리너, 에드워드, 밀리, 델리아, 모리스, 마틴, 로즈는 억압감과 답답함을 느끼고 있었습니다.

바람을 피우고 있는 아벨 대령과 그의 성향을 많이 닮은 델리아는 오랫동안 누워만 있는 어머니가 얼른 죽기를 바라기도 합니다.

반면, 두 사람과 달리 다른 가족들은 성실한 생활을 했습니다. 엘리너는 빈민가를 돌아다니며 봉사했고, 에드워드는 옥스

퍼드에서 공부했으며, 밀리는 집안 살림을 도왔습니다. 그리고 마틴과 로즈는 아직 어렸습니다.

sentence 179

It was January. Snow was falling; snow had fallen all day. The sky spread like a grey goose's wing from which feathers where falling all over England.

1월이었어요. 눈이 내리고 있었습니다. 하루 종일 눈이 내렸어요. 하늘은 회색 거위의 날개처럼 펼쳐졌고, 깃털은 영국 전역에 떨어졌습니다.

sentence 180

Rest – rest – let me rest. How to deaden; how to cease to feel; that was the cry of the woman bearing children; to rest, to cease to be. In the Middle Ages, she thought, it was the cell; the monastery; now it's laboratory; the professions; not to live; not to feel; to make money, always money, and in the end, when I'm old and worn like a horse, no, it's a cow...

휴식을 주세요. 이 아픔을 어떻게 줄일 수 있을까요, 이 아픔을 어떻게 해야 더 이상 느끼지 않을 수 있을까요. 이것은 아이를 낳는 여자의 절규였습니다. 그녀는 존재하지 않게 되는 것에 관해 생각해 봅니다. 중세 시대에는 수도원이었으며, 오늘날에는 실험실인 것, 직업, 살지 않는 것, 느끼지 않는 것, 항상 돈을 버는 것, 마침내 나이가 들어 말처럼 지친 소녀가 될 때까지, 아니, 사실은 소녀가 아니라 그저 소처럼 지칠 때까지.

sentence 181

Am I a weed, carried this way, that way, on a tide that comes twice a day without a meaning?

나는 하루에 두 번씩 아무 의미도 없이 밀려오는 밀물 위에서, 이쪽으로, 저쪽으로 옮겨지는 잡초인가요?

sentence 182

But why do I notice everything? She thought. Why must I think? She did not want to think. She wanted to force her mind to become a blank and lie back, and accept quietly, tolerantly, whatever came.

그런데 왜 저는 모든 것을 깊이 살펴보는 것일까요? 그는 왜 자신이 반드시 '생각'을 해야만 하는지 묻습니다. 그는 생각하고 싶지 않았습니다. 그는 마음을 비우고 뒤로 기대어 모든 일을 조용히, 관용적으로 받아들이고 싶었습니다.

결국 어머니가 세상을 뜨고, 얼마간의 세월이 흐른 뒤 아버지 역시 사망합니다. 자녀들은 비로소 각자의 삶을 살아가기 시작합니다.

　　이후 자녀들이 살아가는 모습을 비교해 보면 결혼을 기반으로 삶의 토대를 만든 여성과 결혼하지 않은 채 사회활동을 하거나 가난하게 살아간 여성으로 생활의 형태가 극명하게 갈립니다.

　　엘리너는 당시의 여자라면 당연히 했어야 할 결혼은 하지 않았지만, 나름대로 자신의 삶을 가꾸어 나갔습니다. 반면, 로즈는 대의를 위해 감옥에 다녀왔고, 홀로 살고 있는 사촌 사라는 빈궁합니다. 모리스의 딸, 엘리너의 조카인 페기 또한 의사로 일하고 있기는 하나 무언가 결핍이 있어 보입니다.

　　사촌 키티는 자신을 사랑하는 에드워드가 아닌 다른 남자와 결혼했지만, 다행히 부유하고 풍요로운 삶을 누리며 살아가고 있었습니다. 밀리 또한 풍족한 휴 깁스와 결혼하여 넉넉하게 살아갑니다.

　　델리아 역시 아일랜드의 독립을 위해 투쟁하다 결혼하여 부유한 삶을 살아가고, 사촌인 매기도 프랑스인과 결혼하여 그럭저럭 살아갑니다.

　　시간이 흐르고, 가족들은 델리아의 집에서 열린 파티에 모입니다. 아벨의 자녀 세대와 그들의 다음 세대가 한자리에 모여 과거를 회상하고 현재를 돌아보는 이야기를 나눕니다. 그런데, 아벨의 자녀들은 모두 애버콘 테라스에서 살았던 어린 시절을 지옥으로 기억하고 있었습니다.

sentence 183

Was she not seeing herself in the becoming attitude of one who points to his bleeding heart? to whom the miseries of the world are misery, when in fact, she thought, I do not love my kind. Again, she saw the ruby-splashed pavement, and faces mobbed at the door of a picture palace; apathetic, passive faces; the faces of people drugged by cheap pleasures; who had not even the courage to be themselves, but must dress up, imitate, pretend.

그는 피 흘리는 심장을 손으로 가리키는 듯한 낯선 사람이 된 자신의 태도를 보고 있지 않았나요? 마치 세상의 불행을 다 느끼는 사람처럼요. 하지만 사실 그는 자신이 인간 족속을 사랑하지 않는다고 생각했습니다. 그는 루비가 흩뿌려진 포장도로와 그림 궁전의 문 앞에 모여 있는 얼굴들, 무관심하고 수동적인 표정, 값싼 쾌락에 중독된 사람들, 심지어 타인을 모방하고 가장하는 존재들의 얼굴을 보았습니다. (인간의 허무한 삶에 대한

불만을 공감에 대한 갈망으로 표현)

sentence 184

There must be another life, she thought, sinking back into her chair, exasperated. Not in dreams; but here and now, in this room, with living people. She felt as if she were standing on the edge of a precipice with her hair blown back; she was about to grasp something that just evaded her. There must be another life, here and now, she repeated. This is too short, too broken. We know nothing, even about ourselves.

그는 화가 나서 의자에 다시 주저앉으며 또 다른 삶이 분명 있을 것이라고 생각했습니다. 마치 꿈이 아닌 지금 이 방에서, 살아 있는 사람들과 함께 있으면서요. 그는 바람에 머리카락이 흔들리는 벼랑 끝에 서 있는 것 같았습니다. 자꾸 놓치는 무언가를 잡으려 노력하며, 그는 여기에도 지금도 분명 다른 삶이 있을 것이라고 계속 생각합니다. 이 삶은 너무 짧고, 너무 부서졌으며, 우리는 우리 자신에 대해서도 아무것도 모른다면서요.

sentence 185

She felt as if things were moving past her as she lay stretched on the bed under the single sheet. But it's not landscaped any longer, she thought; it's people's lives, their changing lives.

홑이불 아래 침대에 늘어져 누웠을 때, 마치 물건들이 그를 스쳐 지나가는 것처럼 느꼈습니다. 하지만 그것은 더 이상 풍경이 아니라 사람들의 삶, 그들이 변하는 삶이었습니다.

그들은 벗어나고 싶었던 지옥 같은 시기를 지나 자기 뜻대로 살 수 있는 나이가 되었지만 엇갈린 사랑, 원치 않는 선택, 맞설 수 없는 사회적 상황 등으로 인해 의도치 않은 방향의 삶을 맞이합니다.

자신들이 극복하지 못한 한계와 사회적 모순을 다음 세대에게 물려준 그들은 이제 그다음 세대를 바라봅니다.

그들은 관리인의 아이들이 앞에서 부르는 노래를 전혀 알아듣지 못합니다. 세대가 거듭될수록 새로운 세대는 전 세대에게 낯설고 불가해한 사고를 하게 될 것임을 보여주는 듯 말입니다.

파티는 다음 날 새벽이 되어서야 끝나고 다시 태양이 떠올라 새로운 날이 찾아옵니다. 교통편이 모두 끊어져 집에 돌아갈 것을 걱정하는 엘리너에게 로즈와 마틴은 걸어가면 된다고 말합니다. 여름날 아침의 걷기는 전혀 해롭지 않다고 덧붙이면서요.

파티가 끝난 한여름, 이른 아침 각자의 집으로 걸어 돌아가는 이들의 분위기는 밝고 희망차 보입니다. 아무리 삶이 원치 않는 방향으로 흘러가더라도, 그들은 지옥에서 벗어났으니까요.

Millions of things came back to her. Atoms danced apart and massed themselves. But how did they compose what people called a life?

여러 가지 생각과 기억이 그에게 돌아왔습니다. 원자들은 떨어져 춤을 추고 다시 모이지만, 어떻게 그런 것들이 사람들이 인생이라고 부르는 것을 구성할까요? (우리의 경험과 기억이 우리의 삶을 형성하는지에 대한 의문을 의미)

She had always wanted to know about Christianity—how it began; what it meant, originally. God is love, the kingdom of Heaven is within us, sayings like that she thought, turning over the pages, what did they mean? The actual words were very beautiful.

그는 항상 기독교에 대해 알고 싶어 했습니다. 그것이 어떻게 시작되었는지, 원래는 무엇을 의미하는지. 책을 넘기며 신은 사랑이고, 천국은 우리 안에 있다는 말들이 과연 무엇을 의미하는지 생각해 보는 것처럼 말이죠. 단어 그 자체는 모두 아름다웠습니다.

Where does she begin, and where do I end? she thought... On they drove. They were two living people, driving across London; two sparks of life enclosed in two separate bodies; and those sparks of life enclosed in two separate bodies are at this moment, she thought, driving past a picture palace. But what is this moment; and what are we?

어디서부터 시작해서 어디까지일까요? 그는 생각했습니다……. 그들은 런던을 가로질러 운전하는 두 명의 살아 있는 사람들이었습니다. 두 개의 분리된 몸에 둘러싸인 두 개의 생명의 불꽃. 그리고 그것들은 지금 이 순간을 지나쳐 가고 있다고 그는 생각했습니다. 하지만 지금 이 순간은 무엇이고, 우리는 무엇인가요?

Somebody had talked about her life. And I haven't got one, she thought. Oughtn't a life to be something you could handle and produce? — a life of seventy odd years. But I've only the present moment, she thought.

누군가가 그의 삶에 관해 이야기했습니다. 그는 하나도 가진 게 없다고 생각했습니다. 인생은 당신이 처리하고 생산할 수 있는 것이어야 하지 않나요? 70년 이상의 인생을 살았지만, 지금 이 순간밖에 가진 것이 없다고 그는 생각했습니다.

sentence 190

Old age must have endless avenues, stretching away and away down its darkness, she supposed, and now one door opened and then another.

그는 노년에는 끝없는 길이 있을 것이고, 어둠을 따라 뻗어 내려간다고 생각했습니다. 이제 하나의 문이 열리고 또 다른 문이 열린다고 생각했습니다. (여러 갈래로 이어진 길에 노년을 비유하며 노년을 새로운 가능성의 시기로 시사함을 의미)

sentence 191

But the room was empty. The fire was still blazing; the chairs, drawn out in a circle, still seemed to hold the skeleton of the party in their empty arms.

하지만 방은 비어 있었습니다. 불은 여전히 타오르고 있고, 원 모양으로 놓인 의자들은 아직도 빈 품 속에 파티의 흔적을 안고 있는 것처럼 보였습니다. (시간이 흐름에 따라 느끼는 변화와 무력감을 의미)

How terrible old age was, she thought; shearing off all one's faculties, one by one, but leaving something alive in the centre.

나이란 얼마나 끔찍한지, 그녀는 생각했습니다. 늘어가는 나이란 모든 능력을 하나씩 깎아내면서도 그 중심에는 살아 있는 무언가를 남겨두는 것입니다.

Talk interested him. Serious talk on abstract subjects. 'Was solitude good; was society bad?' That was interesting; but they hopped from thing to thing. When the large man said, 'Solitary confinement is the greatest torture we inflict,' the meagre old woman with the wispy hair at once piped up, laying her hand on her heart, 'It ought to be abolished!' She visited prisons, it seemed.

이야기는 그를 흥미롭게 했습니다. 추상적인 주제에 대한 진지한 대화였습니다. "고독은 좋고, 사회는 나쁜 것인가요?" 그것은 대화가 오고 가기에 흥미로운 주제였습니다. 덩치가 큰 남자가 "고독과 감금은 우리가 가하는 가장 큰 고문이다."라고 말했을 때, 머리가 희끗희끗하고 초라한 노파는 즉시 파이프를 치켜들고 가슴에 손을 얹으며, "그것은 폐지되어야 한다!"

라고 말했습니다. 감옥을 방문해 본 것 같더군요.

『세월』의 후반부에는 '현재'로 글의 시점이 바뀌면서 스물두 살이었던 엘리너가 칠순이 됩니다. 칠순이 넘은 엘리너와 조카인 페기, 노스가 각각 세상을 바라보는 시선은 글 속에서 교차합니다.

이는 세대가 다른 인물들이 서로를 향한 호기심을 잃지 않고 시선을 공유하는 것처럼 보입니다. 이해할 수 없는 세월의 장벽을 넘어 서로를 알아가고자 열망하는 인물들의 모습에서 우리는 희망을 읽을 수 있습니다.

이 작품은 버지니아가 생의 마지막에 출간한 소설입니다. 제2차 세계대전으로 치닫는 절망적인 시대를 살아가면서도 행복을 찾고자 했습니다.

버지니아가 행복을 추구하는 방식은 아주 적극적입니다. 작품 속 시간이 지나고 나이가 들어가는 인물들은 삶이 흘러가 버리는 것에 허무해하기도 하지만 곧 다가올 순간에 빛나는 진실을 발견하기도 한다는 사실을 알고 있습니다. 한 사람의 삶이 '죽음'이라는 끝을 향해 흘러가지만, 그 과정에서 얻게 되는 의미를 발견하고, 그로 인해 새롭게 시작하는 것입니다.

『세월』은 시간과 변화에 대한 고찰을 제시합니다. 어두운 분위기 속에서 주인공들의 소통은 사라지고, 자연적 요소가 큰 역할을 차지하는 장면의 묘사는 삶의 한순간이 무의미하게 지나가는 것을 의미합니다.

즉, 자연과 죽음에 관한 생각을 강조합니다. 시간이 삶과 존재를 변화시키는 양상과 자연이 무정적으로 존재한다는 사실, 인간은 고독한 존재라는 것을 비춥니다.

삶이란 흘러가 버리고 마는 것 같지만, 그런데도 무언가를 향해 매듭짓기 위해 나아가는 것일 수 있습니다. 대화 중에도 자기만의 독백으로 빠져들었던 인물들을 한 발 떨어져 바라보면 그들을 연결한 희미한 선이 보이고, 옅은 행복과 희망의 기운마저 감지할 수 있는 것처럼요.

버지니아는 독자들이 각자의 내면에 누구도 이해할 수 없는, 언어로 규정하기도 어려운 미지의 일면을 가지고 있지만 개개인은 일순간 표면으로 떠오른 조각들로 이어지기도 한다는 것을 기억하기를 바랐던 것일지도 모르겠습니다.

작품의 주제를 담고 있는 아래 문장을 읽고, 자기만의 방식으로 의역하거나
필사하면서 버지니아 울프의 문장을 마음에 새겨보세요.

sentence 194

After all the foreign languages she had been hearing, it sounded to her pure English. What a lovely language, she thought, saying over to herself again the common place words.

그동안 들었던 외국어들을 모두 뒤로하면, 그 소리는 그저 순수한 영어로 들렸습니다. 얼마나 사랑스러운 언어인가, 그는 속으로 평범한 단어들을 다시 한번 반복하며 생각했습니다.

....

....

....

....

....

....

살아갈 날이
얼마 남지 않은
이들에게

내가 진정으로
하고 싶은 말은

A Writer's Diary_버지니아의 일기

『버지니아의 일기』는 버지니아 울프가 26세였던 1915년부터 53세가 되기까지 썼던 일기 중에서 버지니아의 문필생활과 관련된 부분만을 그의 남편 레너드 울프가 엮어낸 것입니다.

일기에 그려진 버지니아는 감정 기복도 심하고 자주 아팠던 사람으로 보입니다. 그는 실제로도 우울증을 앓고 있었지만, 초조하거나 비참한 기분일 때 주로 일기를 썼기 때문에 그의 병든 측면이 더 부각된 것일지도 모릅니다.

일기의 내용은 주로 본인이 겪었던 일, 다른 사람에 대한 생각, 인생이나 우주에 대한 고찰, 그리고 어떻게 글을 구상하고 쓸 것인지를 정리한 것들입니다. 버지니아는 글을 결말까지 빠르게 써 내려간 다음, 처음부터 끝까지 다시 고쳐 쓰는 식으로 글을 완성했습니다.

Arrange whatever pieces come your way.

어떤 조각이든 당신이 원하는 대로 배열하세요.

Yes, I deserve a spring—I owe nobody nothing.

그래요, 난 봄을 맞을 자격이 있어요. 아무에게도 빚진 게 없거
든요.

I enjoy almost everything. Yet I have some restless searcher in
me. Why is there not a discovery in life? Something one can
lay hands on and say "This is it"? My depression is a harassed
feeling. I'm looking: but that's not it—that's not it. What is
it? And shall I die before I find it?

나는 거의 모든 것을 즐기지만, 내 안에는 끝없는 탐구자가 있
습니다. 왜 인생에는 발견이 없을까요? "이게 다야."라고 손에
쥐어 말할 수 있는 것이요. 내 우울증은 괴롭힘을 당하는 기분
이에요. 계속 무언가를 찾지만 사실 그게 아니에요. 그것은 무
엇일까요? 찾기 전에 죽게 될까요?

My mind turned by anxiety, or other cause, from its scrutiny of blank paper, is like a lost child–wandering the house, sitting on the bottom step to cry.

빈 종이를 검토하다 보면 불안해져 저는 길을 잃은 아이처럼 집 안을 배회하며 계단 아래에 앉아 웁니다. (집중할 때는 차분하지만, 불안과 같은 다른 감정에 집중이 끊기는 순간에는 미아가 된 것처럼 자신을 잃는다는 기분을 묘사)

이 작품에는 버지니아 자신의 내밀한 모습이 담겨 있습니다. 우리는 살아 있을 적의 그녀가 작품 하나를 쓰고 고치기를 반복하는 모습과 마침내 완성된 원고를 남편에게 보여주고는 긴장하는 모습, 책이 나온 뒤 서평에 대해 신경을 쓰지 않겠다고 다짐하면서도 예민한 시간을 보내는 모습, 그리고 서평이 마음이 들지 않자 분노하는 모습을 생생하게 볼 수 있습니다.

버지니아는 작가이자 동시에 비평가, 이론가로서 인간적인 성찰을 했습니다. 그는 작품 하나하나를 끊기지 않는 집중력으로 이어나가기 위해 노력했습니다. 사람들을 무조건 즐겁게 만드는 글이나 남의 생각을 바꾸기 위한 글을 쓰지 않겠다는 태도로 말입니다.

그러한 태도는 그가 "나는 지금, 그리고 영원히 나 자신의 주인이다."라고 말하며 오직 문학 하나만을 위해 열정을 불태우며 살아가도록 만들었습니다.

sentence 199

...I'm terrified of passive acquiescence. I live in intensity.

수동적인 순응이 무섭습니다……. 저는 치열하게 삽니다.

sentence 200

If one is to deal with people on a large scale and say what one thinks, how can one avoid melancholy? I don't admit to being hopeless, though: only the spectacle is a profoundly strange one; and as the current answers don't do, one has to grope for a new one, and the process of discarding the old, when one is by no means certain what to put in their place, is a sad one.

만약 많은 사람을 대하며 자기 생각을 말한다면, 어떻게 우울함을 피할 수 있을까요? 저는 희망이 없다는 것을 인정하지 않습니다. 오직 그 광경이 매우 이상한 것일 뿐입니다. 현재의 대답으로는 충분하지 않기에, 사람들은 새로운 것을 찾아 나가야 하고, 사람들이 그들의 자리에 무엇을 놓아야 할지 전혀 확신할 수 없을 때, 오래된 것들을 버리는 과정은 슬픈 것이 됩니다.

The way to rock oneself back into writing is this. First gentle exercise in the air. Second the reading of good literature. It is a mistake to think that literature can be produced from the raw. One must get out of life... one must become externalised; very, very concentrated, all at one point, not having to draw upon the scattered parts of one's character, living in the brain.

다시 글쓰기로 돌아가는 방법은 바로 이것입니다. 먼저, 가벼운 운동을 합니다. 두 번째로 좋은 문학을 읽습니다. 문학이 날것에서 생산될 수 있다고 생각하는 것은 잘못된 것입니다. 사람은 일상에서 벗어나야 합니다. 사람은 외부의 존재로 변해야 합니다. 매우 집중되어 하나로 모든 것을 집중해야 합니다. 분산하지 말고, 머릿속에서 생활해야 합니다.

I am I: and I must follow that furrow, not copy another. That is the only justification for my writing, living.

나는 나입니다. 나는 누군가를 모방하지 않고, 나만의 길을 따라야 합니다. 그것이 내 글, 삶의 유일한 정당성입니다.

버지니아의 열정은 글쓰기에 대한 태도와 생각에서 나타납니다. 그는 읽은 책은 물론 배경에 대한 시대와 공간까지 모든 것을 꼼꼼하게 탐구했습니다. 이는 버지니아가 지닌 '나만을 위해 글을 쓰는 습관'으로 글쓰기에 가장 좋은 훈련이라고 알려져 있습니다.

글쓰기 훈련은 마치 운동이 근육을 이완시켜 부상당할 위험을 낮춰주듯이, 잘못을 저지르거나 실수한다 해도 그것에 얽매이지 않도록 만들어 줍니다. 실수를 향한 무신경은 글을 더욱 빨리 쓰게 만들고 대상을 향해 직접적으로 순식간에 돌진하게 합니다. 그러니 닥치는 대로 단어를 찾고 골라서 간단없이 그 단어들을 내던져야 한다고 버지니아는 끊임없이 말합니다.

sentence 203

I went in and found the table laden with books. I looked in and sniffed them all. I could not resist carrying this one off and broaching it. I think I could happily live here and read forever.

안으로 들어가 보니 책상 위에 책이 가득 놓여 있었습니다. 그곳을 들여다보니 나는 이 책들 가운데 한 권을 펼쳐 읽어봐야만 했습니다. 여기서 영원히 책을 읽을 수 있다면 행복할 것 같았습니다.

I want to resemble a sort of liquid light which stretches beyond visibility or invisibility. Tonight, I wish to have the valor and daring to belong to the moon.

나는 투명하거나 투명도를 넘어서는 액체 빛을 닮고 싶습니다. 오늘 밤, 나는 달에 속할 수 있는 용기와 대담함을 갖고 싶습니다.

So, I have to create the whole thing afresh for myself each time. Probably all writers now are in the same boat. It is the penalty we pay for breaking with tradition, and the solitude makes the writing more exciting though the being read less so. One ought to sink to the bottom of the sea, probably, and live alone with one's words.

그래서 나는 매번 나 자신을 위해 모든 것을 새롭게 만들어야 합니다. 아마 지금 모든 작가가 한 배를 타고 있을 것입니다. 그것은 우리가 전통을 깨는 것에 대해 지불하는 벌이며, 고독은 덜 읽히지만 글을 더 흥미진진하게 만듭니다. 사람은 아마도 바다 밑으로 가라앉아 혼자서 말하며 살아야 할 것입니다.
(작가는 자신의 글에 동화되어 고독하게 작업하고 새롭게 창조해야 하며, 그
과정에는 고립이 필수적임을 시사)

sentence 206

I don't believe in ageing. I believe in forever altering one's as-
pect to the sun. Hence my optimism. And to alter now, cleanly
and sanely, I want to shuffle off this loose living randomness.

노화를 믿지 않습니다. 사람의 모습을 영원히 태양으로 바꾸
는 것을 믿습니다. 그래서 나는 낙관적입니다. 그리고 지금, 깨
끗하고 건전하게 변화하기 위해서, 이 느슨한 생활의 무작위
성을 떨쳐버리고 싶습니다.

sentence 207

Now is life very solid or very shifting? I am haunted by the
two contradictions. This has gone on forever; goes down to
the bottom of the world—this moment I stand on. Also, it is
transitory, flying, diaphanous. I shall pass like a cloud on the
waves. Perhaps it may be that though we change, one flying
after another, so quick, so quick, yet we are somehow success-
sive and continuous we human beings and show the light
through. But what is the light?

지금의 삶은 매우 견고한가요, 아니면 변화무쌍한가요? 나는 그 두 가지 모순에 사로잡혀 있습니다. 이 모순은 계속되어 왔고, 나는 지금 이 순간에도 그 위에 서 있습니다. 이러한 생각은 사실 일시적이고, 금세 날아가며, 투명하기도 합니다. 나는 이 생각들을 파도 위의 구름처럼 지나갈 것입니다. 우리는 빠르게 변화하지만, 그런데도 인간들은 어떻게든 연속적이고 지속적이며 빛을 비추는 것 같습니다. 그러나 그 빛이란 것은 또 과연 무엇인가요?

sentence 208

But how entirely I live in my imagination; how completely depend upon spurts of thought, coming as I walk, as I sit; things churning up in my mind and so making a perpetual pageant, which is to be my happiness.

하지만 나는 완전히 상상 속에 살고 있습니다. 돌발적인 생각에 의존하고, 걷거나 앉을 때 착각이 들며, 소란스러운 행진이 마음속에 울립니다. 이것들이 영원한 저의 행복입니다.

sentence 209

And now more than anything I want beautiful prose. I relish it more and more exquisitely.

그리고 지금은 무엇보다도 아름다운 산문을 원합니다. 나는 점점 더 정교하게 그것을 즐깁니다.

sentence 210

Unpraised, I find it hard to start writing in the morning; but the dejection lasts only 30 minutes, and once I start, I forget all about it. One should aim, seriously, at disregarding ups and downs; a compliment here, a silence there;[...] the central fact remains stable, which is the fact of my own pleasure in the art.

청찬받지 못하면 아침에 글을 쓰는 것이 힘들지만, 낙담은 30분밖에 지속되지 않고, 한번 시작하면 모든 것을 잊어버립니다. 우리는 감정 기복을 무시해야 합니다. 청찬과 침묵이 혼재해도 …… 중요한 것은 변하지 않으니까요, 예술에서 얻는 즐거움이요.

sentence 211

I like reading my own writing. It seems to fit me closer than it did before.

나는 내 글을 읽는 것을 좋아합니다. 전보다 나한테 더 잘 맞는 것 같아요.

버지니아는 자신이 써왔던 작품들을 향해 가감 없는 사랑을 드러냅니다. 비판도 불사하면서 말입니다. 『밤과 낮』을 다루며 그는 이렇게 이야기합니다.

"인간 전체를 바라보고, 또 자기가 생각하는 것에 관해 쓸 때, 어떻게 우울해지지 않을 수 있을까요? 그러나 나는 희망을 잃는 것에는 찬성하지 않습니다."

그는 『밤과 낮』의 후반부만큼 즐겁게 글을 써 본 적이 없는 것 같다는 소감을 밝히면서도 사실 『항해』만큼 부담스러운 작품도 없었다고 털어놓습니다. 『댈러웨이 부인』에 덧붙인 설명에는 이렇게 썼습니다.

"감히 말하건대 나는 이 책에 대해 희망을 품고 있습니다. 정직하게 말해서 내가 더 이상 한 줄도 더 쓸 수 없게 될 때까지 나는 글을 써 나갈 작정입니다."

계속하여 희망의 끈을 놓지 않았던 덕분인지 그는 『등대로』를 쓰면서는 "평생을 통해 가장 빠르고 가장 자유롭게 글을 쓰고 있으며 이것은 내가 제 길에 들어섰다는 증거이다."라는 말을 꺼내기도 했습니다.

자기 확신이 생긴 버지니아가 『제이콥의 방』을 대하는 태도는 상당히 인상적입니다. 그는 마음속에서 자신의 목소리로 무엇인가 말하는 방법을 나이 마흔이 되어 찾아냈다는 사실을 믿어 의심치 않는다고 외칩니다. 이 사실이 내게 아주 소중하므로, 나는 이제 누가 칭찬하지 않아도 앞으로 나아갈 수 있을 것이라고요.

20세기 영국 모더니스트 문학의 위대한 작가 버지니아. 출간 당시부터 큰 화제를 불러 모았을 뿐만 아니라 문학과 인문학의 세계에 커다란 업적을 남겼습니다.

실험적인 작품 활동들을 통해 현대인의 내면세계와 복잡한 심리를 탐구하였으며, 의식의 흐름 기법을 선구적으로 사용했습니다. 더 나아가 여성 문학의 대표자로서, 여성의 주체성과 정체성에 관한 깊이 있는 고찰로 많은 여성에게 찬란한 희망을 주었습니다.

오늘날까지도 높이 평가되고, 다양한 창작물의 영감이 되는 버지니아의 작품들은 많은 독자에게 든든한 지지와 용기가 되어주는지도 모르겠습니다.

버지니아의 작품을 읽는 독자들이 자아를 돌보고 자립과 자유를 가질 수 있기를 응원합니다. 그리하여 버지니아의 목소리가 우리 마음에 와닿는 순간을 오랫동안 기억할 수 있기를 바랍니다. 삶의 힘이 되는 그의 문장들로 우리 삶을 바꿔나갈 수 있도록요.

작품의 주제를 담고 있는 아래 문장을 읽고, 자기만의 방식으로 의역하거나
필사하면서 버지니아 울프의 문장을 마음에 새겨보세요.

sentence 212

I will not be "famous," "great." I will go on adventuring,
changing, opening my mind and my eyes, refusing to be
stamped and stereotyped. The thing is to free one's self: to let
it find its dimensions, not be impeded.

나는 "유명한", "훌륭한" 사람이 되지 않을 거예요. 나는 모험을
계속할 것이고, 변화할 것이고, 내 마음과 눈을 열 것이며, 낙인
이나 고정관념을 거부할 것입니다. 중요한 것은 자신을 자유
롭게 하는 것이며, 그것이 방해받지 않고 자신의 차원을 찾도
록 하는 것입니다.

....

....

....

....

....

....

버지니아 울프의 유서

내가 다시 미쳐가고 있다는 것을 확실히 느껴요.

우리는 그 끔찍한 일을 다시 겪을 수 없어요.

그리고 이번은 회복될 수 없을 거예요.

환청이 들리기 시작하고, 집중할 수가 없어요.

그렇기에 전 제가 할 수 있는 최선의 일을 하려고 해요.

당신은 제게 가능한 가장 큰 행복을 선사했지요.

당신은 할 수 있는 모든 일을 다했어요.

두 분은 이 끔찍한 병이 오기 전까지는 더 행복할 수가 없었을 거예요.

저는 더 이상 견딜 수 없어요.

저도 알아요. 제가 당신의 삶을 망치고 있다는 것을.

제가 없다면 당신은 자신의 일을 돌볼 수 있어요.

당신도 알게 될 거예요.

전 지금 이것도 제대로 쓰지 못하고 있잖아요. 읽을 수도 없어요.

제가 말하고자 하는 바는 전 당신에게 제 인생의 모든 행복을 빚졌다는 거예요.

당신은 제게 한결같이 인내하고 대단히 친절하게 대해 줬어요.

전 그걸 — 모든 사람이 이 사실을 알기를 원해요.

만약 누군가 저를 구할 수 있었다면 그건 당신이었을 거예요.

당신의 확실한 선의를 제외한 모든 것이 제게서 사라졌어요.

이제 더는 두 분의 인생을 망칠 수 없어요.

두 분도 우리 모두 함께였을 때보다 더 행복할 수는 없겠지요.

버지니아.

버지니아 울프의 생애

1882년 1월 25일	[런던에서 출생]
1878년	[아버지의 재혼]
1888년	[의붓오빠의 성추행]
1895년	[어머니 사망]
1897~1901년	[런던 킹스 칼리지의 여성부에서 공부]
1900년	[전문적으로 글을 쓰기 시작]
1904년	[아버지 사망, 남편 레너드 울프와 만남]
	[아버지 사망 후 자살 시도, 미수에 그침]
	[가디언에 처음으로 글이 실림]
1906년	[블룸즈버리그룹 사교 활동 시작]
1912년	[레너드 울프와 결혼]
1915년	['출항' 출간]
1917년	[남편과 호가스 출판사를 설립]
1919년	['밤과 낮' 출간]
1921년	['벽에 난 자국' 출간]
1922년	[애인 비타 색빌웨스트와 만남]

1922년	['제이콥의 방' 출간]
1925년	['댈러웨이 부인' 출간]
1927년	['등대로' 출간]
1928년	['올랜도' 출간]
1929년	['자기만의 방' 출간]
1931년	['파도' 출간]
1933년	['플러시' 출간]
1937년	['세월' 출간]
1938년	['3기니' 출간]
1940년 10월 16일	[버지니아가 살던 집을 나치가 폭격]
1940년	[신경쇠약증세 악화]
1941년	['막간' 출간]
1941년 3월 28일	[자살로 사망]
1941년 4월 18일	[시신 발견]

버지니아 울프, 문장의 기억

그림자로 물든 버지니아의 13작품 속 문장들

초판 2쇄 발행 2024년 7월 20일

엮음 편역 | **박예진**

기획 편집 총괄 | **호혜정**

편집 | **이보슬**

기획 | **유승현 김민아**

디자인 | **정나영**

교정교열 | **김가영 김수하**

마케팅 | **이지영 김경민**

펴낸곳 | **센텐스 (Sentence)**

주소 | **서울시 용산구 원효로 162 세원빌딩 606호**

이메일 | ritec1@naver.com

홈페이지 | http://www.ritec.co.kr

ISBN | **979-11-86151-66-2 (03840)**

센텐스는 리텍콘텐츠 출판사의 문학·에세이 단행본 브랜드입니다.

상상력과 참신한 열정이 담긴 원고를 보내주세요. 책으로 만들어 드립니다.
원고투고: ritec1@naver.com